Mrs. Caliban heißt mit Vornamen Dorothy. Sie lebt in ihrem Haus an der Küste in einer unglücklichen Ehe. Seit Fred, ihr Mann, sich mehr und mehr von ihr entfremdet, scheint sie den Boden unter den Füßen zu verlieren. Und sie quält sich durch ihren öden Alltag.
Doch dann taucht eines Tages Larry bei ihr auf: ein wunderschöner froschähnlicher Mann aus dem Meer auf der Flucht vor seinen Verfolgern vom Meeresbiologischen Institut. Larrys befremdliches Aussehen stört Dorothy überhaupt nicht. Denn Larry ist rücksichtsvoll, ungemein wißbegierig und – zärtlich. Und als Dorothy sich in ihn verliebt, nimmt ihr Leben eine unerwartete Wende.
Herrlich phantasievoll, doch ohne dabei ins Absurde oder Unvorstellbare abzugleiten, erzählt Rachel Ingalls Dorothys und Larrys Geschichte. Eine Geschichte voller Wirklichkeit und Phantasie, die John Updike zu der so einfachen wie klaren Aussage brachte: »Ich liebe Mrs. Caliban.«
›Mrs. Calibans Geheimnis‹ hat seit seinem ersten Erscheinen eine ständig wachsende Leserschaft gewonnen. 1985 in England unter die zwanzig besten amerikanischen Nachkriegsromane gewählt, erfährt der Roman auf beiden Seiten des Atlantik immer neue Auflagen, und für viele seiner Leser ist er längst so etwas wie ein moderner Klassiker.

Rachel Ingalls wuchs in Cambridge, Massachusetts, auf, verbrachte zwei Jahre als Gasthörerin an verschiedenen deutschen Universitäten, studierte schließlich Literatur und siedelte Ende der sechziger Jahre nach England über. 1970 erschien ihre erste längere Erzählung in London. Es folgten drei weitere Romane, zuletzt ›Black Diamond‹. In deutscher Übersetzung erschien außerdem der Band ›Inflagranti. Unwirkliche Geschichten‹ (1992).

Rachel Ingalls

Mrs. Calibans Geheimnis

Roman

Aus dem Englischen von
Werner Löcher

Fischer Taschenbuch Verlag

Veröffentlicht im Fischer Taschenbuch Verlag GmbH,
Frankfurt am Main, Juni 1992

Lizenzausgabe mit freundlicher Genehmigung des
Hoffmann und Campe Verlags, Hamburg

Die Originalausgabe erschien 1982 unter dem Titel
›Mrs. Caliban‹ bei Faber and Faber, London

Umschlaggestaltung: Friederike Simmel, Frankfurt am Main
Umschlagfoto: Joel Meyerowitz
Druck und Bindung: Clausen & Bosse, Leck
Printed in Germany
ISBN 3-596-10877-2

1

Auf dem Weg zur Haustür entfielen Fred nacheinander gleich drei Dinge, die er eigentlich noch hatte tun wollen, bevor er das Haus verließ, um zur Arbeit zu gehen. Dann erinnerte er sich schließlich daran, daß er die Zeitung hatte mitnehmen wollen. Dorothy machte sich nicht die Mühe, ihm zu sagen, daß sie sie selbst noch nicht ganz gelesen hatte; sie ging und holte sie ihm. Er stand unschlüssig noch ein paar Minuten da, befühlte seine Taschen und überlegte, ob er einen Schirm mitnehmen sollte. Sie gab ihm Antwort auf all seine Fragen und streute von Zeit zu Zeit selbst eine ein: Wofür brauchte er denn den Schirm, wo er doch das Auto hatte, und überhaupt, wie kam er darauf, daß es regnen werde? Und wenn das Auto dieses komische Geräusch machte, war es dann nicht besser, den Bus zu nehmen, und hatte sich eigentlich der andere Schirm wieder eingefunden? Er mußte irgendwo bei ihm im Büro sein. Es war ein hübscher kleiner Taschenschirm, und sie äußerte die Vermutung, wahrscheinlich habe ihn jemand mitgehen lassen.
Eine ähnliche Litanei hatten die beiden bereits

viele Male hinter sich gebracht, und es war fast so, als brauche Fred das starre Hin und Her dieses Rituals, um an Tagen, an denen eine besondere Aufgabe auf ihn wartete, etwas, das ihn schon frühmorgens nervös machte, das innere Gleichgewicht zu bewahren.

»Heute abend kann es spät werden«, sagte er, »so gegen ... Ich weiß noch nicht genau, ich ruf dich vom Büro aus an, okay?«

»Aber ja, ist in Ordnung.«

Sie blieb an der Tür stehen, als er das Haus verließ und zur Straße hinunterging. Er sah sich nicht um, und natürlich hatte er ihr auch keinen Abschiedskuß gegeben. Das tat er schon seit Jahren nicht mehr.

Genauso hatte die Geschichte mit dem Werbe-Mädchen angefangen: daß er bis spät im Büro geblieben war. Vielleicht. Doch möglicherweise hatte auch alles seine Richtigkeit. Mittlerweile wußte sie nicht mehr, woran sie bei ihm war.

Sie machte die Betten, saugte Staub, ging ins Bad und zog sich an, und als sie schließlich beim Abwasch in der Küche stand, fiel ihr Blick auf das Radio, und sie überlegte, ob sie es einschalten sollte. Es war ein großer, altmodischer brauner Apparat aus den dreißiger Jahren, einer von denen, die so aussahen wie eine gotische Kathedrale.

Seit drei Wochen hörte sie Dinge, die eigentlich nicht möglich waren. Mitten in irgendwelchen

Sendungen. Das erstemal war es während eines Werbespots für eine Backmischung passiert. So als würde es zur Werbung gehören, hatte eine Frau in völlig normalem Tonfall gesagt: »Mach dir keine Sorgen, Dorothy, du wirst noch ein weiteres Baby bekommen, und es wird gesund sein. Alles, was du tun mußt, ist dich entspannen. Hör auf, dir Sorgen zu machen. Du bekommst ganz sicher eins.« Dann war die Stimme ohne weitere Umwege zu ihrer Backmischung zurückgekehrt, bei der nichts schiefgehen konnte.

Der Gedanke, daß sie drauf und dran sein könnte, verrückt zu werden, war Dorothy nicht gekommen, jedenfalls nicht sofort. Sie nahm an, daß sich ihre eigenen Gedanken zwischen die tieferen Töne und ihren monoton wiederkehrenden Rhythmus gedrängt hatten. Doch am nächsten Tag hatte sie dann in den Nachrichten die Geschichte von dem Huhn, das Violine spielen konnte, gehört – »der Heifetz der Hühnerställe« war es genannt worden –, und später hatte sich herausgestellt, daß einige ihrer Bekannten offensichtlich zur selben Zeit denselben Sender eingeschaltet, davon aber nichts mitbekommen hatten.

Nun ja. Es war schließlich ein altes Radio. Ein sehr altes Radio. Sicher war es möglich, daß die verschiedenen Tonwellen durcheinandergerieten, oder so was ähnliches. Irgendeine statische Aufladung vielleicht oder eine Art Interferenz, die nicht

zu den gewohnten Störgeräuschen führte, sondern sich in das Programm hineinschnitt und dabei exakt den Ton dessen annahm, was sie vorübergehend ausblendete. Gewöhnlich stellte Dorothy den Apparat nicht sehr laut, da sie der Geräuschpegel zwar vom Grübeln, nicht aber vom Denken abhalten sollte. Jetzt drehte sie den Ton immer dann lauter, wenn sie etwas Ungewöhnliches hörte, konnte aber trotzdem beim besten Willen nie sagen, wann das Originalprogramm unterbrochen und eine der Sondermeldungen eingeblendet wurde. Die Stimmen blieben völlig gleich, nur der Tonfall erfuhr plötzlich irgendwie eine andere Färbung und schien sich speziell an sie zu wenden.
Noch immer fürchtete sie nicht, verrückt zu werden. Allerdings machte es ihr mittlerweile etwas Angst, den Apparat einzuschalten. Doch sobald irgendein Wortbeitrag oder ein Musikstück aus dem Lautsprecher erklang, verflog ihre Furcht, und sie fühlte sich locker und entspannt. Und nur wenn ihr bewußt wurde, daß gerade wieder eine der Sonderbotschaften für sie durchgegeben wurde, verfiel sie in eine erwartungsvolle Aufgeregtheit und verspürte eine leichte Beunruhigung. Was sie nicht hören wollte, war wieder irgendwas über ein Baby, oder über sie und Fred und über ihre Ehe. Bis jetzt war die erste Durchsage die einzige geblieben, die mit ihr selbst zu tun gehabt hatte. Trotzdem, es konnten noch andere kommen. Sie hatte nieman-

dem von der Sache erzählt, erst recht nicht Fred. Natürlich nicht.
Sie stand da, hielt eine Hand am Wasserhahn und sah hinüber zum Radio. Um diese Uhrzeit bekam man störungsfrei ein paar ausländische Sender herein, die klassische Musik brachten.
Sie ging quer durch die Küche und schaltete den Apparat ein, mitten in der anschwellenden Akkordfolge einer Sinfonie. Sie begann mitzusummen und wandte sich wieder dem Wasser im Bekken zu. Auf dem Weg zum Finale, das gewaltig zu werden versprach, schwang sich das Orchester, von Paukenschlägen unterstützt, in immer imposantere Höhen, doch dann schien alles zu versiegen, und eine ruhige und klare Stimme sagte:
»Meine Damen und Herren, wir unterbrechen dieses Programm für eine wichtige Durchsage an alle Bewohner der Region. Im Jefferson-Institut für Ozeanographie wurden heute in den frühen Morgenstunden zwei Mitarbeiter von dem Wesen angegriffen, das Professor William Dexter vor sechs Monaten von einer Südamerika-Expedition mitgebracht hat und das von der Boulevardpresse ›Aquarius, der Monstermann‹ getauft wurde. Umfassenden wissenschaftlichen Untersuchungen zufolge vermag das riesige echsenartige Tier über längere Zeiträume sowohl unter Wasser als auch an Land zu leben. Wie die Geschehnisse des heutigen Morgens eindeutig belegen, ist es zudem äu-

ßerst gefährlich. Zwei der Institutsangestellten, der Wärter John Kelsoe sowie Doktor Dennis Wachter, wurden tot und schrecklich verstümmelt in der Nähe des verlassenen Käfigs aufgefunden. Als Aquarius ins Institut gebracht wurde, hatte man zunächst noch gehofft, er werde Studenten und Wissenschaftler aus allen Teilen des Landes anlocken, doch sehr schnell kamen die Mitarbeiter des Instituts, die man mit der Untersuchung seiner Verhaltensweisen betraut hatte, zu der Auffassung, es sei zu risikoreich, ihn mit einer großen Zahl von Menschen in Berührung zu bringen. Er könne sich mit Krankheiten infizieren, die für den Menschen zwar harmlos, für Aquarius mit seiner fremdartigen Physiologie möglicherweise aber tödlich seien. Außerdem, wie sie hinzufügten, besitze er eine unglaubliche Kraft und müsse als äußerst gefährlich angesehen werden, besonders wenn er in einen seiner Wutzustände gerate. Diese Warnung hat sich nun auf tragische Weise als richtig erwiesen. Das werden vor allem diejenigen schmerzlich empfinden, die diesen beiden Männern nahegestanden haben – diesen beiden Männern, die in der gewissenhaften Ausübung ihrer Pflicht den Tod fanden, der Pflicht derer, die sich der Mehrung des Wissens verschrieben haben. Noch einmal warnen wir eindringlich alle Bürger der hiesigen Region: Dieses Wesen ist gewalttätig! Nähern Sie sich ihm unter keinen Umständen!

Sollten Sie es sehen, rufen Sie unverzüglich die Polizei! Wir wiederholen: Der Monstermann ist gefährlich!«
Einen Moment lang hatte Dorothy angenommen, bei der Meldung über Aquarius handle es sich um eine der Durchsagen speziell für sie. Aber das konnte nicht sein. Die Botschaften für sie waren nie so lang, hatten einen sanfteren, direkten, ja traumgleichen Charakter und klangen im Ohr, als kämen sie aus seinem eigenen Inneren und nicht von außen. Diese Durchsage hatte sich angehört wie das gewohnte, leicht überdrehte Leiern eines Werbepredigers.
Würde Scotty noch leben, würde sie jetzt in der Schule anrufen, um zu sagen, daß sie ihn wegen der Warnung nachmittags abholen werde. Obwohl er mittlerweile längst kein kleiner Junge mehr wäre. Wie alt würde er heute sein? Er war an einer ganz normalen Betäubungsspritze gestorben, als sie ihm den Blinddarm herausnehmen wollten. »Individuelle Überreaktion«, »unerwarteter Allergieanfall«, »Hypersensibilität gegenüber Medikamenten«, das war alles, was man ihnen später als Erklärung anzubieten hatte. Und ein paar Monate danach hatte sie dann das Baby verloren. Von diesem Punkt an begann sich ihre Beziehung mit Fred zu verändern. Hatte der erste Schlag sie noch beide gleichermaßen aus der Fassung gebracht, so hatte der zweite sie einander ent-

fremdet. Jeder sah die Schuld im stillen beim anderen, und gleichzeitig rief die Möglichkeit, selbst auf ebenso ungerechtfertigte Weise beschuldigt zu werden, bei ihr wie bei ihm Ärger, Wut und ein schlechtes Gewissen hervor. Dann, mit der Zeit, wurde es leichter, die ganze Geschichte unter den Teppich zu kehren und zu verdrängen – sie stürzten sich förmlich in alle möglichen Aktivitäten.

Und so war es immer weitergegangen: mit Schweigen, dem Gefühl tiefer Einsamkeit und den verzweifelten Versuchen, Gespräche in Gang zu bringen, die, wie sie beide wußten, hoffnungslos sein würden. Lange bevor er ihr untreu wurde, hatte er entschieden, daß sie getrennte Betten bekamen. Sie hatten beide einen ziemlich unruhigen Schlaf und wachten immer wieder auf, wenn der andere gerade eingeschlummert war. Und nach allem, was geschehen war, machten sie von ihrem gemeinsamen Bett sowieso keinerlei Gebrauch. Als er ihr seine Entscheidung mitteilte, wußte sie, das war das Ende, aber sie hatte nicht die Kraft, irgend etwas dagegen zu tun. Er selbst war wohl auch nicht sonderlich stark, sonst wären sie mittlerweile sicher längst geschieden. Wer lange genug immer alles nur unter den Teppich kehrt, wird irgendwann das Haus verlassen müssen.

Um zehn nach elf klingelte das Telefon, und Fred sagte ihr, der Wagen – sein famoser, liebevoll umhegter alter Wagen – mache wieder Schwierigkeiten und daß er sich verspäten und möglicherweise noch jemanden auf einen kurzen Imbiß mit nach Hause bringen werde. Nur ein kleiner Snack, man müsse lediglich noch etwas bereden.

»Frag ihn, ob er Vegetarier ist oder sonstwie ein Gesundheitsapostel«, sagte Dorothy. »Ich hab keine Lust, ein Steak auf den Tisch zu bringen, um dann mit einer von diesen magischen Heilslehren beglückt zu werden.«

»Nein, ist er nicht. Irgendwas. Ein Bier und ein paar Sandwiches.«

»Oh, nein, ihr bekommt was Warmes. Aber wenn du mir nicht gleich sagst, was ich besorgen soll, gibt's Spaghetti Bolognese und einen Salat. Und Eiscreme.«

»Klingt gut. Bis dann also«, sagte er und hatte völlig unerwartet auch schon aufgelegt. Das brachte sie etwas aus der Fassung, und sie spürte leichten Ärger in sich aufkeimen, zuerst über ihn und dann über sich selbst.

Sie zog ihren Gymnastikanzug an und ging ins Gästezimmer, um ihre Übungen zu machen, wirkliche Tanzübungen, nicht die, die man nur macht, um in Form zu bleiben. Sie fing ohne Musik an, doch dann holte sie das Radio und schaltete es ein.

Sie war gern in diesem Zimmer, einem Gästezimmer, das nie einen Gast beherbergt hatte. Eigentlich war es dazu gedacht, als Abstellraum für Koffer und überzählige Möbel zu dienen. Der Raum, in dem sie tatsächlich ihre Gäste einquartierten, war ein ziemliches Stück größer. Doch sie hatte dieses Zimmer ganz für sich hergerichtet, hatte die Wände gestrichen und Vorhänge aufgehängt, die ihr besonders gut gefielen. Es gab auch schon ein Bett, und gleich nebenan war ein Bad mit Toilette. Ursprünglich einmal hatte es das Spielzimmer für die Kinder werden sollen, denn es lag im Erdgeschoß. Zwei oder drei von Scottys Spielsachen waren noch unten in einem der Schränke. Fred kam nie hierher. Wahrscheinlich nahm er an, hier gebe es nichts als die Gartenmöbel, das Krocketspiel und alle möglichen anderen Dinge, die Dorothy nach draußen in den von Mr. Mendoza gebauten Schuppen getragen hatte.

Sie war eben mitten in einer Geste, an die sie sich aus dem »Schwanensee« zu erinnern glaubte, als die Musik leiser wurde und eine sanfte Stimme aus dem Radio so schwach zu ihr sprach, daß sie gerade noch die Worte ausmachen konnte: »Es ist schon in Ordnung, Dorothy. Alles wird gut werden.«

Sie stand aufrecht da und spürte, daß ihr Körper schweißbedeckt war. Aus dem Lautsprecher klang Musik, als wäre nichts geschehen. Sie ging ins Bad, zog sich aus, duschte kurz, schlüpfte wieder in ihre Kleider, spülte den Schweiß aus ihrem Trikot und hängte es über die Stange vom Duschvorhang.

Dann fuhr sie in die Stadt, kaufte ein paar Pilze,

Fleisch und Käse. Im Supermarkt kam jemand hinter einem Regal hervorgeschossen und krachte in ihren Einkaufswagen. Es war ihre Freundin Estelle, die sagte: »Okay, Lady, ihre Versicherung schuldet meiner Versicherung vier Millionen Möpse. Und Ihnen wird der Führerschein für diesen Supermarkt entzogen.«

»Straßenrowdy, Straßenrowdy!« tönte Dorothy, lachte und rammte ihrerseits Estelles Wagen. Ein Mädchen von der Kasse sah zu ihnen herüber und schien anzunehmen, sie wollten die Einrichtung demolieren.

Immer wenn sie mit Estelle zusammen war, wurde Dorothy lauter, kindischer und fühlte sich glücklicher als mit irgendwem sonst. Estelle weckte die umstürzlerischen Instinkte der Leute. Als sie sich das erstemal getroffen hatten, waren sie schließlich in Estelles Küche gelandet, hatten nachmittags um zwei eine ganze Flasche Sherry geleert und sich gegenseitig ihr trauriges Leben erzählt. Alles hatte sich so ohne jede Hoffnung angehört, daß sie am Ende in lautes Lachen ausbrachen und minutenlang nicht aufhören konnten. Seitdem waren sie Freunde.

»Kommst du mit auf einen Kaffee zu mir?« fragte Estelle.

»Würde ich schon sehr gern, aber ich habe nur wenig Zeit. Fred bringt jemanden aus dem Büro mit.«

»Und gleich fegst du durch die Gegend, um deinen

Hausfrauenpflichten nachzukommen. Mein Gott, das vermiß ich wirklich nicht.«
»Du bist wohl nicht ganz bei Trost. Es gibt Spaghetti, und damit sollen sie glücklich werden.«
Sie unterhielten sich gerade über Rezepte für verschiedene Fleischsoßen, als eine Figur wie eine übergroße Puppe um die nächste Ecke bog und den Gang herunter auf sie zuschritt. Sie war offensichtlich weiblichen Geschlechts, war gekleidet wie die Anführerin eines Tambourcorps und trug eine Art Bauchladen vor sich her, der von einem breiten Band gehalten wurde. Unter einem militärisch aussehenden Hut, einer Kreation aus metallisch anmutender Pappe, rotem Glitzerstaub und Rosetten, die man an den Seiten angebracht hatte, quollen rote Locken hervor. Die Auslage war bedeckt mit kleinen Käsequadraten, aus deren Mitte jeweils ein Zahnstocher in die Luft wuchs.
»Ladys, ich möchte Ihre Aufmerksamkeit auf unser heutiges, ganz spezielles Sonderangebot lenken«, fing das Mädchen an und war auch schon mitten in einem Verkaufsblabla, das sie völlig ohne Höhen und Tiefen herunterleierte. Um sie zu stoppen, griff Estelle nach einem der Zahnstocher und schien fast eine Minute unschlüssig, was sie nun damit anfangen sollte. Dorothy fürchtete schon, sie könnte den Käse dem Mädchen in den Mund schieben, doch dann probierte sie ihn schließlich selbst. Die Stimme leierte indessen unbeirrt weiter

und stand dabei allem Anschein nach in keiner Verbindung mit dem müden Blick und den sich kaum bewegenden Lippen. Die Augen des Mädchens erweckten den Eindruck, als habe ihr Geist sich von der Erde entfernt und betrachte die Szene nun von einem fremden Planeten aus. Sie wandte ihr Gesicht abwechselnd Estelle und dann wieder Dorothy zu, während ihre Stimme von schweizerischen, amerikanischen und von französischen Käsesorten sprach.

»Wie ist er?« wisperte Dorothy.

»Ich werd's dir sagen, wenn ich ihn heruntergebracht habe«, sagte Estelle und tat so, als habe sie Schwierigkeiten, den Käse zu zerkauen.

Das Mädchen streckte Dorothy ihren Bauchladen hin.

»Mmpf, nein danke.«

»Sie müssen deswegen nichts kaufen.«

»Nun, ich fürchte, ich bin für heute schon mit Käse versorgt.«

»Das hier ist ein ganz spezielles Angebot.« Es war wie ein Vorwurf. Das Mädchen hielt ihr die Spieße noch energischer hin. Dorothy wich vorsichtig einen Schritt zurück. Das Mädchen folgte ihr.

»Parmesan«, sagte Dorothy schnell, »das ist der einzige Käse, der zu dem paßt, was ich kochen will. Wie schmeckt denn der hier, Estelle?«

»Probieren Sie selbst«, forderte das Mädchen sie auf.

»Fade und langweilig, mit einem durchdringenden Plastikgeschmack, wie ein billiger Schmelzkäse.«

»Das ist kein Schmelzkäse«, empörte sich das Mädchen mit einer hart artikulierenden Roboterstimme. »Dieser Käse ist aus den feinsten ... «

»Okay, okay.«

Dorothy fragte: »Haben Sie schon viel davon verkauft? Ich meine, mehr als wenn Sie ein Schild über die Käsetheke gehängt hätten?«

»Da müssen Sie unseren Werbe-Ko-ordinator fragen. Ich bin über die Verkaufszahlen nicht informiert.«

Das Mädchen macht eine Kehrtwendung und trippelte den Gang wieder hinunter. Estelle sagte: »Man fragt sich, was die mit denen machen. Kein Kicherer, keine menschliche Regung, kein Anzeichen von Leben. Und dabei sind sie noch so jung.«

»Sterilisiert und haltbar gemacht wie der Käse. Im Weihnachtsgeschäft hatte ich auch schon mal so einen Job. Ob du es glaubst oder nicht: Manche Leute stehen da und hören dir zu, wie du fünfmal dasselbe sagst.«

»Was hast du verkauft?«

»Oh, ein spezielles Kopftuch, an dem im Grunde natürlich nichts Besonderes war. Man konnte es ganz verschieden hindrapieren. Völliger Unsinn. Man kann nun mal ein Kopftuch nur auf zwei verschiedene Arten umbinden, damit es auch bei Wind hält.«

»Sieh nur, da ist sie wieder.«
Dorothy drehte sich um und sah, wie die Käse verkaufende Majorette wieder auf sie zusteuerte.
»Nein, das ist eine andere, auch wenn sie genauso aussieht.«
»Guten Tag, Ladys. Darf ich Ihre Aufmerksamkeit auf unser heutiges, wirklich spezielles Käsesonderangebot lenken? Dieser Käse, komponiert aus den feinsten Zutaten . . .«
»Oh, recht herzlichen Dank, aber . . .«
»Tut mir leid, Kindchen, aber Ihre Freundin war schneller als Sie«, erklärte ihr Estelle. »Ich hoffe, ihr werdet nicht nach Prozenten bezahlt.«
»Trotzdem, vielen Dank«, sagte Dorothy. Das Mädchen drehte ab und machte sich auf die Suche nach anderen Käufern.
Estelle sagte: »Wenn sie nur einen Funken Verstand hat, versteckt sie sich hinter der nächsten Ecke und ißt die Hälfte von ihren Käsespießen selbst. Dann denken alle, sie ist eine wunderbare Verkäuferin.«
»In einem Laden wie diesem wird ihnen wahrscheinlich der Magen nach Zahnstochern durchleuchtet, bevor sie nach Hause gehen dürfen. Hast du jemals so viele Spiegel und versteckte Kameras gesehen?«
»Ich krieg das kalte Grausen. Wirklich. Als ob einer von diesen Presbyterianerträumen wahr geworden wäre . . . Du weißt schon, Gott sieht alles,

ER beobachtet dich, egal, wo du bist und was du tust.«
»Ich glaube eher, er ist in der Küche und holt sich ein Bier aus dem Eisschrank.«
»Jetzt sieh dir bloß das an, ist denn das zu glauben? Da ist noch eine.«
Ein drittes Mädchen tänzelte auf sie zu. Diesmal versuchten sie zu entkommen, und zum erstenmal bemerkten sie ein Zeichen menschlicher Regung bei einer der Majoretten, die ihnen wie von Jagdfieber getrieben nachstellte, erhobenen Hauptes und mit einem hoffnungsvollen Flackern in den Augen. Sie waren schon fast an der Kasse, als das Mädchen sie einholte. Dorothy erklärte die Situation, bevor Estelle eine spitze Bemerkung machen konnte.
Auf dem Weg zum Parkplatz sagte Dorothy: »Ganz bestimmt wird ihnen eingehämmert, daß ihr Job eine Herausforderung darstellt und sie sich als strahlende Sieger fühlen können, wenn es ihnen gelingt, den Leuten den Käse tatsächlich aufzuschwatzen.«
»Soldaten des großen Schmelzkäsereiches. Brrr. Was ist nun mit unserem Kaffee?«
»In Ordnung. Aber ganz auf die schnelle.«
Estelle fuhr voraus. Sie hielt sich zurück, denn sie wußte, daß Dorothy eine vorsichtige Fahrerin war und leicht nervös wurde, wenn man sie drängte. Estelle dagegen gab von Natur aus Gas. Sie hatte

ein vorzügliches Reaktionsvermögen und liebte brenzlige Situationen geradezu, vor allem wenn sie glaubte, einem anderen Fahrer eine Lektion erteilen zu können. Es war das pure Glück, daß sie noch keinen ernsthaften Unfall gehabt hatte oder, und das wäre das mindeste gewesen, von jemandem angezeigt worden war.
Als sie in Estelles Küche saßen, kam Dorothy plötzlich der Gedanke, daß sie eigentlich lieber einen Tee trinken würde, aber sie wurde von Estelle überstimmt, die auf ihren Kaffee stolz war. Nicht nur, daß sie die Bohnen in einer besonderen Mühle zerkleinerte, sie kaufte sie roh und röstete sie selbst.
Sie unterbrachen das Gespräch, als Estelle die Mühle einschaltete. Der Deckel hatte seitlich einen kleinen Sprung, und Estelle hielt die Hand fest auf ihn gedrückt, da er sonst in Drehung geraten und davonfliegen würde. Die Maschine dröhnte wie eine Kreissäge, aber schon war alles fertig. Estelle schüttete das Kaffeemehl in einen Papierfilter und goß kochendes Wasser darüber.
»Hör zu, Dorothy, ich muß dir was erzählen. Du kennst doch Jeanie Cranston? Sie und Josh laden mich von Zeit zu Zeit immer noch zu sich ein, um mir irgend so einen Typen vorzustellen, der noch zu haben ist. Dabei ist das in Wirklichkeit nur ein Vorwand. Sie wollen mich aushorchen, was ich gerade für das Studio mache. Sie sind ganz heiß auf Glamourgeschichten und bekannte Namen. Die

können sie dann bei anderen Leuten kurz mal ins Gespräch einfließen lassen – du weißt schon. Und doch freue ich mich immer, wenn ich Josh wiedersehe und mit ihm von alten Zeiten schwärmen kann.«

»Sicher, das kann ich verstehen. Josh war ein netter Kerl.«

»›Komm bloß nicht auf den Gedanken, mir in der Küche helfen zu wollen‹, sagt sie zu mir. ›Du bleibst hier und leistest‹ – wie immer auch dieser Widerling hieß – ›Gesellschaft.‹ Rodge. Aber sie hatte einen Teller vergessen, und, auch wenn ich nicht mehr weiß, was, irgendwas wollte ich sie fragen. Also schnappe ich mir den Teller und bin auch schon auf dem Weg in Richtung Küche. Sie hatte gerade ihre Kaffeemühle angestellt – wir konnten es vom Tisch aus hören. Ich gehe also durch die Schwingtür, und da sehe ich, wie die Mühle völlig leer vor sich hinkreischt, und Jeanie löffelt Pulverkaffee in acht Tassen. Herr im Himmel! Ich meine, wen will sie eigentlich auf den Arm nehmen? Ich glaube, sie ist tatsächlich nicht ganz richtig im Kopf. Ständig redet sie davon, wie arm sie ist. Und jetzt haben sie sich eine Yacht angeschafft, keine große, aber, mein Gott, eine Yacht ist eine Yacht. Sie vermieten sie, wenn sie sie selbst nicht brauchen. Und dann die ewigen Klagen, wie schwer es ist, die Sache mit den Steuern richtig hinzukriegen, alle gesetzlichen Möglichkeiten auszuloten,

welche Schwierigkeiten sie mit ihrem kleinen Haus auf dem Land haben und schließlich der Ärger mit dem Appartement, das sie wahrscheinlich kaufen wollen – und das sie natürlich wieder weitervermieten können. Was bin ich doch arm! Nun ja, wer mir wirklich leid tut, ist Joshua.«
»Ist er fett und hat nichts mehr zu sagen?«
»Körperlich ist er in Bestform, er denkt sogar daran, einmal quer durchs Land zu laufen. Aber er hat diesen Hang zum Dozieren. Ist auf dem besten Weg, ein absoluter Langweiler zu werden. Er hätte sich schon vor Jahren von all dem befreien müssen, genau wie alle anderen Leute es schließlich auch gemacht haben. Dann müßte er sich jetzt nicht mit dieser ganzen Kompensiererei abquälen.«
»Das wäre aber sicher nicht einfach gewesen, mit jemand wie Jeanie. Sie arbeitet ziemlich hart, das tut sie wirklich. Und damit geht der Ärger schon los. Sie kann einfach nicht loslassen. Und er ist ihr nicht gewachsen. Aber wahrscheinlich hat er gerade ein Verhältnis mit jemand, die zwanzig Jahre jünger ist als er, und genau das gibt ihm diesen kleinen zusätzlichen Schuß« – sie dachte an die Zeit, als Fred sie betrogen hatte – »vorgeschützter Rechtschaffenheit. Hat er ihre Kochkünste gelobt und wohlwollend Fleißkärtchen verteilt für Dinge, die sie getan oder gesagt hat?«
Estelle schenkte den Kaffee ein und setzte sich an den Küchentisch.

»Darauf habe ich gar nicht besonders geachtet, aber du hast recht. Natürlich nicht für ihre Kocherei; sie macht immer noch ihre Fernsehgerichte mit diesem Dressing, das nach nichts als billigem Sherry und Knoblauch schmeckt. Glaubst du tatsächlich, daß man es daran erkennen kann?«
»Oh, nein, nicht unbedingt. Aber es zeugt von einer Grundeinstellung. Jedenfalls war es bei Fred so, vorher war er anders. Oder hinterher. Aber einige Männer sind wohl immer so, oder?«
»Josh war früher nicht so.«
»Es könnte auch einen anderen Grund haben. Vielleicht ist er unglücklich. Oder sie trifft sich mit einem anderen.«
»Oh, nein, sie bestimmt nicht. Er, das könnte sein.«
»Ich weiß, du glaubst nicht, daß sie jemals etwas wußte, aber vielleicht war sie sich auch von Anfang an über die Situation im klaren. Wenn man verheiratet ist, gibt es eine Art von Treue, die sehr tief reicht. Du machst dir keine Vorstellung davon. Sogar wenn man sich gegenseitig haßt, manchmal. Ich würde mich bei keinem von den beiden darauf verlassen, daß sie etwas wissen oder nicht wissen. Oder wie wichtig es ihnen ist.«
»Es könnte natürlich auch etwas anderes gewesen sein. Im Moment jedenfalls haben beide nur irgendwelche Geschäfte im Kopf. Und vielleicht ist das alles eine faule Klamotte, die sie da aufführen.

Ich hatte nur so ein Gefühl. Möglicherweise hat er aber auch heimlich, still und leise was angestellt, etwas, das ein wenig zu weit ging, und jetzt glaubt er, er ist der gerissene Supermann. Und genau das ist es, was ihn so eingebildet erscheinen läßt. Und verschlagen.«

»Das bezweifele ich, Estelle. Er bezieht seine ganze Bedeutung von ihr. Nur aus sich heraus würde er nie etwas Besonderes auf die Beine stellen.«

»Also in diesem Punkt würde ich ihn nicht unterschätzen. Er hat sich ziemlich verändert, seit du ihn das letztemal gesehen hast.«

»Er muß ja gepredigt haben wie ein Verrückter.«

»Okay, du glaubst also, ich übertreibe. Aber er war tatsächlich so. Dazu kam allerdings, daß ich ganz schön sauer war, weil sie mir diesen Rodge aufgehalst hatten. Das war vielleicht ein Tölpel! So was von unterbelichtet, der kam ja nicht mal mit zwei Leuten wie Jeanie und Josh zurecht. Ich weiß auch nicht, wo sie die Typen immer wieder ausgraben.«

»Vielleicht haben sie bei einem von diesen Clubs für einsame Herzen angerufen.«

Estelle lachte. Und dann erzählte sie Dorothy eine Geschichte, die sie im Studio gehört hatte: Ein Mädchen, das als Statistin gearbeitet hatte, war tot in ihrer Wohnung aufgefunden worden, und der einzige Anhaltspunkt zur Lösung des Falles, auf den man bisher gekommen war, bestand darin,

daß sie eine Menge Leute durch eine Agentur ähnlich wie »Dateline« getroffen hatte. Dorothy sagte, das würde sie nicht überraschen; vor ein paar Tagen erst hatte sie in der Zeitung eine Geschichte über eine Partnervermittlung gelesen, die, wie sich schließlich herausgestellt hatte, nichts anderes als ein einziges großes Erpresserunternehmen gewesen war. Ja, sagte Estelle, und dann gab es auch noch die neuen Sekten und die Leute, die mit ihren Horoskopen einfach alles über einen herausbekamen, und der Himmel allein wußte, was heutzutage nicht sonst noch alles auf einen lauerte; mittlerweile ging es doch überall so krumm zu wie früher nur im Immobiliengeschäft. Dorothy sagte, richtig, aber war es nicht immer schon so gewesen? Und daß sie, wenn ihr das alles zuviel werde, einfach hinaus in den Garten gehe und irgend etwas pflanze oder Unkraut rupfe. Nur so finde sie ihre Ruhe wieder.
Dann unterhielten sie sich über die beiden Männer, mit denen Estelle sich zur Zeit traf. Dorothy sprach von ihnen wie von Bekannten oder Freunden, Estelle selbst nannte sie genüßlich ihre Liebhaber. Sie hießen Charly und Stan, und beide wollten Estelle heiraten. Bisher wußten sie nicht, daß Estelle nicht nur mit einem von ihnen ins Bett ging, sondern sahen höchstens die drohende Konkurrenz. Sie hatte genug von der Ehe. Ihre Arbeit in den Studios wurde sehr gut bezahlt, war interes-

sant und abwechslungsreich. Auch Charly und Stan hatte sie dort kennengelernt. Beide waren jünger als sie und darüber hinaus nicht die einzigen Männer, die sich für Estelle interessierten.
Für Dorothy sah Estelle glücklich aus, und voller Lebenskraft. Das blühende Leben, dachte sie. Wie eine Kerze, die ihren Glanz um sich verbreitet. Dabei war das einmal vollkommen anders gewesen. Dorothy erinnerte sich daran, wie Estelle vor und während ihrer Scheidung ausgesehen hatte, was zeitlich mit Freds Untreue zusammengefallen war. Nachmittage um Nachmittage hatten sie in Estelles Küche gesessen und immer nur »diese Bastarde« gesagt, immer und immer wieder. Dorothy hatte damals gefürchtet, Estelle könnte zur Alkoholikerin werden. »Trink nicht noch mehr«, hatte sie gesagt, »sondern sprich dich aus.«
Sie nickte, als Estelle ihr eine zweite Tasse Kaffee anbot, versuchte sie aber zu überreden, einen Schuß Wasser dazuzugeben. Estelle war empört. Sie erklärte, das würde den Geschmack total verderben.
»Dann mach die Tasse nicht ganz voll. Bitte, Estelle.«
»Selber bitte.«
»Ich weiß nicht, warum er bei dir nicht so wirkt. Ich liebe deinen Kaffee, aber schon zwei Tassen machen mich schwindlig. Daß ich das Gefühl habe, meine Schädeldecke könnte plötzlich abhe-

ben und davonfliegen. Und dann spüre ich genau hier etwas – hier, ist da nicht die Leber?«
»Dorothy, genau da sitzt deine Intuition.«
Sie sprachen über Estelles Kinder, Sandra und Joey; und über Dorothys Pflanzen und ihren Gemüsegarten. Ihre Miniaturobstbäume waren ihr wirklicher Stolz, obwohl es ihr erst kürzlich gelungen war, geschützt unter Glas apfelförmige Salatgurken zu züchten, eine Leistung, die sie in Hochstimmung versetzt hatte und über die sie sich auch heute noch freute. Über Scheidung redeteten sie nicht.
Noch ziemlich lange Zeit nach ihrer eigenen Scheidung hatte Estelle Dorothy mit aller Kraft dazu drängen wollen, ebenfalls Klage einzureichen. Sie war äußerst hartnäckig gewesen, weil sie, wie Dorothy annahm, mit ihrem Schicksal nicht allein dastehen wollte, genau wie die frisch verheirateten Frauen, die all ihre Freundinnen ebenfalls unter die Haube zu bringen versuchen. Oder die jungen Mütter, erinnerte sich Dorothy, die alle Welt zu Müttern machen wollen.
Von Zeit zu Zeit spielte Estelle zwar noch auf das Thema Scheidung an, im Grunde hatte sie die Sache bei Dorothy aber aufgegeben. Sie hatte an dem Tag damit aufgehört, als Dorothy, völlig am Boden zerstört, sie darum gebeten und ihr erklärt hatte: »Ich glaube, wir sind zu unglücklich, um uns scheiden zu lassen.«

In jener Zeit war es vorgekommen, daß Dorothy ihren Kopf gegen die Wand gelehnt und daran gezweifelt hatte, ob sie überhaupt noch lebte, denn sie fühlte sich nicht mehr als Teil einer Welt, in der Liebe möglich war. Und sie hatte sich gefragt: War die Religion tatsächlich das einzige, was die Leute dazu brachte, sich zusammenzunehmen, weil sie fälschlicherweise annahmen, die schlimmen Dinge kämen erst nach dem Tod? Nein, sie geschahen alle schon vorher. Vor allem Scheidungen.

Plötzlich bemerkte sie, wie spät es geworden war, und darüber geriet sie so durcheinander, daß sie auf dem Weg nach draußen beinahe ihr Fleisch in Estelles Kühlschrank vergaß. Sie versprachen einander, sich am Vierzehnten auf der Kleiderschau zu treffen.

2

Sie schwitzte, als sie nach Hause kam. Es war bereits später, als sie gedacht hatte, und so fing sie gleich damit an, die Soße zuzubereiten. Auf dem Weg zwischen Herd, Kühlschrank und Spülbecken stellte sie, ohne weiter darüber nachzudenken, das Radio ein und rannte dann auch schon ins Schlafzimmer, um sich umzuziehen und etwas Make-up aufzulegen. Als sie zurück in die Küche lief, nach der Schürze griff und sie sich umband, sagte eine Stimme im Radio: »Die Polizei bittet alle Bewohner der hiesigen Region nochmals, nach diesem äußerst gefährlichen Wesen Ausschau zu halten und sich vor ihm in acht zu nehmen.«

Dorothy beugte sich vornüber, legte ein Geschirrtuch zurecht und band es sich so um den Kopf, daß die Haare nicht den Geruch von Knoblauch und Zwiebeln annehmen würden. Im Radio spielten sie Chopin. Dann hörte sie die Haustür und Freds Stimme.

Von da an ging alles sehr schnell, und ihr blieb nichts übrig, als die Musik auszuschalten, um sich vor jeder Ablenkung zu schützen. Sie mußte sich konzentrieren – erst dieses, dann jenes und jetzt

gleichzeitig das und das, und vergiß bloß die Prise Thymian nicht – und ihre Hände in Bewegung halten. Es war wie eine Art Test oder Wettlauf. Vielleicht ging es den Ratten, mit denen man in irgendwelchen Laboratorien Versuche anstellte, ebenso wie ihr, und sie waren stolz darauf, einige der Rätsel zu lösen, die ihnen von den Wissenschaftlern gestellt wurden. Die Freuden der Besessenheit. Allerdings, wie sonst sollte es möglich sein, etwas innerhalb so knapp bemessener Zeit zu erledigen? Ärgerlich war, daß man sich nicht ganz einfach in der Eile treiben lassen konnte, denn wenn man nicht auf der Hut war, konnte es passieren, daß man vergaß, den Herd auszuschalten.
Sie war im Wohnzimmer, um Art Gruber zu begrüßen, und mit einer derartigen Geschwindigkeit wieder draußen, daß sie ebensogut eines der mechanischen Männchen im Wetterhäuschen eines Kindes oder die Figur in einer mittelalterlichen Uhr hätte sein können, die zu jeder vollen Stunde kurz auftaucht und gleich wieder verschwindet. Zurück in der Küche, breitete sie alles, was sie für den Salat brauchte, auf dem Tisch aus, schnitt Karotten und Sellerie mit ihrem scharfen Lieblingsmesser, hatte auch schon Kartoffelchips und Nüsse in kleine Schüsseln gefüllt und war dabei, ein paar Cracker im Grill mit Käse zu überbacken. Dann mußte sie schnell ins Bad und nahm das im Erdgeschoß, gleich hinter ihrem Gästezimmer.

Sie beeilte sich, zurück in die Küche zu kommen, um auf jeden Fall die Käsecracker rechtzeitig aus dem Grill holen zu können. Und sie war gerade auf halbem Weg, lief über den Linoleumboden mit dem Schachbrettmuster in ihrer schönen sicheren Küche, als sich die Fliegentür öffnete und eine gigantische, gut zwei Meter große froschähnliche Kreatur in den Raum hereinstieß, stocksteif und leicht gebeugt vor ihr stehenblieb und sie anstarrte.
Sie stoppte, stand da und sah ihn an, ohne daß ihr bewußt war, was sie in diesem Moment tat und was sie alles in sich aufnahm. Sie war so überrascht und erschreckt, als hätte sie eine Explosion gehört und mitangesehen, wie ihre eigenen Beine zerschmettert und in Stücken über den Boden geschleudert wurden. Der Raum zwischen ihm und der Stelle, wo sie stand, schien unüberbrückbar, wie ein Loch in der Zeit. Sie sah, wie alles sehr langsam vor sich ging.
Sie fühlte, daß er sie mit einem Stirnrunzeln betrachtete, aber er hatte sich noch nicht wieder bewegt. Ihr Mund war leicht geöffnet – sie konnte es spüren –, und in Wellen standen ihr am ganzen Körper die Haare zu Berge. Ein heißer, eiskalter Blitz raste ihr über Rückgrat und Nacken empor zum Schädel und schien ihr tatsächlich auch dort die Haare aufzustellen. Und ihr Magen verkrampfte sich.

Dann, wie eine Schwimmerin inmitten ihres sich erstaunlicherweise in seine Bestandteile auflösenden panischen Schreckens treibend, drang der schwache Geruch von Verbranntem bis zu ihr durch. Ihre Käsecracker. Sie vor allem waren der Grund, warum sie sich so beeilt hatte. Und ohne nachzudenken, machte sie einen Satz nach vorn, griff nach einem Topflappen, drehte das Gas ab und schüttelte die Cracker auf die Platte, die sie zuvor bereitgestellt hatte. Dann schob sie das Blech zurück in den Grill.

Das Wesen machte ein knurrendes Geräusch, und sie kam wieder zu Sinnen. Sie trat einen Schritt zurück. Das Knurren wurde stärker. Noch ein Schritt. Sie stieß gegen den Tisch. Hinten am anderen Ende lagen Karotten, Tomaten und Sellerie, der Kopfsalat und ihr scharfes Lieblingsmesser, das wie ein Rasierblatt alles durchtrennen würde, was sich ihm entgegenstellte.

Langsam streckte sie ihren Arm aus, langsam schob sie ihre Hand Zentimeter um Zentimeter weiter vor. Mit ihrem Blick fixierte sie sein Gesicht. Seine Augen waren riesig und dunkel, schienen weit größer als die Augen irgendeines menschlichen Wesens, und sehr tief. Sein Kopf glich dem eines Frosches, nur war er noch runder, wohingegen der Mund schmaler war und ähnlich wie beim Menschen nicht über die Mitte des Gesichts hinausreichte. Die Nase war sehr flach, schien fast nicht dazusein, und die Stirn wölbte sich mit zwei tiefen Furchen nach hinten. An Händen und Füßen hatte er Schwimmhäute, allerdings waren sie nicht besonders ausgeprägt, gerade so, daß man sie bemerkte, und der übrige Körper war genau wie der eines Menschen, eines gutgebauten, großen Mannes, bis auf den Umstand, daß er sehr dunkel und grün und braun gesprenkelt war und nirgends auch nur ein Haar aufzuweisen zu haben schien. Ja, und seine Ohren waren ungewöhnlich klein, recht tief angesetzt und abgerundet.

Sie reckte sich weit über den Tisch, ließ mit ihren Augen nur für einen Moment von ihm ab und bekam den Stangensellerie zu fassen, der gleich neben dem Messer lag. Das Knurren verstummte. Langsam machte sie einen Schritt vor und hielt das Gemüse vor sich hin.

Auch er tat einen Schritt nach vorn und streckte die Hand aus. Seine Finger schlossen sich um den Sellerie. Sie ließ los, blieb stehen, wo sie war, und sah zu, wie er den Strunk bis zum letzten Blatt verspeiste. Dann drehte sie sich um, nahm auch den Rest Sellerie vom Tisch und hielt ihn vor sich hin. Diesmal griff er nach ihrem Arm und berührte ihn mit beiden Händen, bevor er den Sellerie nahm. Seine Hände fühlten sich warm an und trocken, aber irgendwie muskulöser als die eines menschlichen Wesens. Dorothy empfand es als angenehm. Er öffnete den Mund und formte mit seinen Lip-

pen ein Wort, was ihm Schwierigkeiten zu bereiten schien.
»Danke«, sagte er.
Dorothy gelang es zu antworten. »Nichts zu danken«, und ihr fiel auf, daß er mit einem leicht fremdländischen Akzent sprach.
»Ich brauche Hilfe«, sagte er.
Sie dachte: Du brauchst Hilfe. Mein Gott, o mein Gott. Du brauchst Hilfe? Und was brauche ich?
»Hilf mir«, sagte er. »Sie werden mich umbringen. Ich habe schon so viel ertragen müssen.«
Sie sah tief in seine Augen und dachte: Natürlich hat er leiden müssen, so anders, wie er ist, und jetzt ist auch noch die Polizei hinter ihm her. Wer weiß, was für schreckliche Experimente sie mit ihm angestellt haben?
»In Ordnung«, sagte sie zu ihm. »Aber warte hier, nur eine Minute.«
Sie nahm die Platte mit den Crackern, die kleinen Schüsseln voller Nüsse und Kartoffelchips und eilte ins Wohnzimmer. Art schenkte ihr ein flüchtiges Lächeln, aber Fred sah sie nicht einmal an, murmelte lediglich ein »Danke, Dotty« und hörte nicht auf, in den Blättern zu wühlen, die sie sich gerade ansahen.
Sie lief zurück durch die Schwingtür und sah, wie der Froschmann dabei war, all ihren Salat aufzuessen.
»Hast du Hunger?« fragte sie. »Was sonst möchtest du essen?«

»Gemüse«, sagte er und betonte dabei alle Silben gleichermaßen. Sie hatte bereits ein oder zwei ganz normale Amerikaner getroffen, die das Wort genauso aussprachen.
»Und Obst?«
»Nicht alles. Nicht zu . . .« Mit seiner großen Hand machte er eine ausladende Geste, hielt inne. »Dieser scharfe Geschmack, den nicht.«
»Nicht zu sauer? Was ist mit Tomaten?« Sie öffnete den Kühlschrank, wühlte in ihm herum und füllte alle möglichen Dinge in eine große Schüssel. Plötzlich fielen ihr die Spaghetti ein, und schnell gab sie einige in einen Topf, damit sie noch vor denen für die anderen fertig sein würden. Während sie kochte, aß er alles, was sonst noch da war; es gelang ihr allerdings, ein wenig Salat für Art und Fred zu retten.
Die Spaghetti füllte sie ihm in eine Schüssel. Doch als sie ein Stück Butter darübergeben wollte, brummte er. Also holte sie statt dessen die Margarine aus dem Kühlschrank. Er griff nach ihrer Hand, beugte sich vor, hielt sein Gesicht ganz nah an die geöffnete Packung und schnupperte. Er war einverstanden. Sie gab einen großen Löffel Margarine über die Spaghetti und rührte so lange, bis sie sich aufgelöst hatte. Schließlich streute sie noch ein paar Kräuter und etwas Salz über das Ganze. Er sah ihr zu, atmete tief ein und schien zu lächeln. Dann nahm er die Schüssel, hob sie wie eine Tasse

an seinen Mund und saugte die Spaghetti in sich hinein. Eine reife Vorstellung, dachte Dorothy, und eine wirklich gefühlvolle Art, Spaghetti zu essen, auch wenn er einen ziemlichen Lärm dabei machte.

»Ich mag das«, sagte er, als er fertig war.

»War es genug?«

Er nickte.

»Nun«, sagte sie, machte eine Geste um sich herum und deutete in Richtung der Schwingtür zum Wohnzimmer. »Ich muß dich verstecken, verstehst du?«

»Ja, bitte.«

»Komm mit mir.« Sie gab ihm die Schüssel mit dem Gemüse, das er noch nicht gegessen hatte, und eilte ihm voraus aus der Küche durch die Diele in ihr Gästezimmer.

»Du mußt hierbleiben. Hier kann dir nichts geschehen, solange du dich ruhig verhältst. Wenn ich kann, werde ich später noch einmal nach dir sehen, aber wahrscheinlich geht es erst morgen früh. Wir werden uns etwas ausdenken müssen. Da ist ein Bett ... mmh ... und ein Bad?«

Er schien zu verstehen, daß sie sich fragte, ob er wußte, was das alles war und wozu man es benutzte.

»Ja, genau wie im Institut«, sagte er.

Sie zeigte ihm die Lichtschalter, legte eine paar Handtücher und Bettwäsche heraus und zögerte noch einen Augenblick, als ihr bewußt wurde, daß sie keine Zeit haben würde, ihm das Bett zu beziehen. Aber auch das schien er zu verstehen und beruhigte ihre Zweifel mit einer einfachen Handbewegung. Dann umfaßte er ihre Hände und führte sie ganz sanft an sein Gesicht. Sie war gerührt. Vorsichtig strich sie ihm über die Schulter und sagte, es sei alles in Ordnung und sie werde am Morgen nach ihm sehen.

Am nächsten Morgen glaubte sie tatsächlich, sie habe alles nur geträumt. Sie machte das Frühstück für Fred und für sich, warf einen flüchtigen Blick in die Zeitung, nahm den Teil mit dem Kreuzworträtsel heraus und brachte Fred den Rest an die Haustür. Sie beobachtete, wie er mit einem Taxi davonfuhr, ging zurück in die Küche und dann durch die Diele zum Gästezimmer.

Der Froschmann war noch da; er saß auf dem Bett und sah sie an, als sie in die Tür trat. Das Bett war bezogen. Sie machte einen Schritt ins Zimmer. Er stand auf, war riesig.

»Ist alles okay?« fragte sie unsicher.

»Ja.«

»Hast du geschlafen?«

Er nickte.

»Bist du hungrig? Ich mache dir Frühstück.«

Sie drehte sich um und war schon halb in der Küche, als sie erstaunt zum Dielenfenster hinübersah.

Der Platz, wo gestern noch ihre preisträchtigen Gurken geprangt hatten, war leer.
Von hinten sagte er: »War es in Ordnung, daß ich sie gegessen habe? Ich hatte so lange nichts gegessen. Wolltest du sie aufbewahren?«
»Nein, ist schon okay«, sagte sie. Letztlich waren es doch nur Gurken gewesen, und wozu sonst waren Gurken da? »Ich hatte nur nicht damit gerechnet, daß sie nicht mehr da sein würden.«
»Ich habe eine gegessen, und sie war so gut. Ich konnte nicht aufhören.«
»Schön, daß sie dir geschmeckt haben.«
»Sie waren sehr gut. Ausgezeichnet. Ich habe so was nie zuvor gegessen. Hast du noch mehr davon?«
»Nein, deshalb hatte ich sie ja angepflanzt. Aber ich kann dir welche besorgen, die ganz ähnlich sind. Wenn ich einkaufen gehe, bringe ich Gurken mit.«
Sie kochte ihm noch einmal Spaghetti und versuchte es dann mit ein wenig Reis mit Sojasoße, der ihm sehr gut schmeckte. Wieder aß er die Spaghetti, indem er den Teller hoch nahm und sie sich langsam in den Mund rutschen ließ.
»Ich heiße Dorothy«, sagte sie.
»Ich heiße Larry.«
»Im Radio haben sie gesagt, daß du Aquarius heißt.«
»Das war der Professor. Kurz nachdem sie mich

gefangen hatten, hat er mich so genannt. Aber ich konnte den Namen nicht aussprechen. Mittlerweile geht es, aber jetzt habe ich mich daran gewöhnt, Larry zu heißen.«

»Wie heißt du in eurer Sprache?«

»Bei uns ist es völlig anders. Wir geben uns keine Namen.«

»Kommt man da nicht durcheinander?«

»Alle wissen Bescheid. Wir kennen uns alle.«

»Habt ihr eine Sprache?«

»Auch die ist vollkommen anders.«

Dorothy wartete. Friedfertig erwiderte er ihren Blick.

»Wie?«

»Mehr wie Musik, aber nicht wie eure Musik. Ohne all das Herumspringen.«

Sie stand vom Tisch auf und schaltete das Radio ein. Der ausländische Sender spielte eine Platte von Mozart.

Er sagte: »Ist das Musik?«

»Ja.«

»Diese Art habe ich noch nicht gehört. Im Institut hatten sie andere.«

Sie wollte das Radio wieder abstellen, aber er sagte: »Bitte, ich möchte sie hören«, und so ließ sie es an.

»Wenn du mich entschuldigen würdest, ich werde jetzt abwaschen. Es sei denn, du möchtest noch etwas essen.«

»Nein, vielen Dank.«
Sie begann die Küche aufzuräumen, während er mit großer Aufmerksamkeit alles, was sie tat, beobachtete – wie ein Kind, dessen Augen seiner Mutter folgen, wohin auch immer sie geht. Weil er so anders war, störte es sie nicht, daß er sie im Bademantel sah, die Haare noch ungekämmt.
Er fragte: »Ist der Morgen eine besonders festliche Zeit?«
»Im Gegenteil«, antwortete sie und zog den Stöpsel aus dem Ausfluß.
»Ist denn das Kleid, das du trägst, kein Kleid für festliche Anlässe?«
»Das ist nur mein Bademantel, und darunter trage ich ein Nachthemd. Was ich gestern abend anhatte, das war eher etwas für eine Party oder ein Fest, wenn auch nicht für einen wirklich förmlichen Anlaß. Es war ... nun ja, was gefällt dir denn besser?«
»Das hier.«
»Findest du mich schicker so?«
»Es hat etwas Besonderes.«
»Und mein Haar?«
»Ist besser so, wie es jetzt ist.«
»Liegt es daran, daß mein Haar und das, was ich anhabe, heute lang sind und mein Kleid gestern abend kürzer war und ich mir die Haare hochgesteckt hatte?«
»Jetzt verstehe ich«, sagte er. »Ich mag es, wenn

man die Dinge läßt, wie sie sind. Es geht mir nicht darum, wie man sich im allgemeinen anzieht. Für mich ist es eine Frage der Freiheit.«

»Für mich eine der Gewohnheit. Es ist üblich, daß man sich je nach Anlaß anders kleidet. Und wird eine Gewohnheit erst allgemein akzeptiert, hat sie eine Bedeutung – genau wie es dann eine Bedeutung hat, sich nicht daran zu halten.«

»Für mich wären Kleider nicht notwendig. Und sie haben für mich auch keine Bedeutung.«

»Sie sind ein Schutz vor dem Wetter, vor der Wärme und vor zuviel Sonne, und auch davor, daß wir uns schneiden oder die Haut verletzen.«

»Meine ist kräftig«, sagte er. Er nahm ihre Hand, mit der sie gerade den Tisch abwischte, legte sie auf seinen Arm und rieb mit ihr von der Schulter bis hinunter zum Handgelenk über seine Haut. Sie erschrak, und doch war es angenehm. Noch lange, nachdem er sie wieder losgelassen hatte, konnte sie seinen Arm spüren: warm, weich und muskulös.

»Ja«, sagte sie. »Wenn du mich jetzt entschuldigen würdest, normalerweise mache ich morgens sauber. Später können wir uns hinsetzen und überlegen, was mit dir werden soll.«

»Kann ich auch saubermachen?«

»Nun«, lachte sie, »leiste mir nur Gesellschaft, das reicht schon.«

»Du könntest mir zeigen, was ich tun soll. Weißt

du, ich bin das hier nicht gewöhnt. Es ist so anders. Bis jetzt hat man mich nur untersucht und studiert. Es gab nichts, und jetzt gibt es alles. Ich könnte etwas tun. Du würdest mich doch nicht daran hindern?«

»Natürlich nicht. Das einzige, was du besser nicht tun solltest, ist tagsüber nach draußen zu gehen. Bei Nacht wäre es wahrscheinlich kein Problem.«

Sie spülte ihr Tuch aus, hängte es neben das Spülbecken, ging hinüber zur Tür und dann durch die Diele ins Gästezimmer. Er folgte ihr, schloß die Tür und sperrte Mozart, der aus der Küche zu ihnen herüberklang, aus dem Raum aus. Sie wandte sich ihm zu, um ihn zu fragen, ob sie das Radio herüberholen solle, und sah im hellen Licht – das trotz der Vorhänge ins Zimmer fiel –, daß er etwas ganz Spezielles gemeint haben könnte, als er sie gefragt hatte, ob sie ihn daran hindern würde, das zu tun, was er tun wolle. Es gab noch einen anderen Grund dafür, Kleider zu tragen, den sie sich nicht zu nennen getraut hatte.

Er trat auf sie zu, zog ihr den Bademantel aus, ließ ihn aufs Bett fallen und versuchte ihr das Nachthemd nach unten vom Körper zu ziehen, bemerkte aber schnell, daß man es wohl andersherum machte. Also nahm er es unten beim Saum, der ihre Knie bedeckte, und hob es ihr über den Kopf. Dann legte er ihr eine Hand auf die Schulter und stieß sie sanft aufs Bett. Er setzte sich neben sie,

sah sie an und sagte: »Das habe ich nie gesehen. Männer ja, aber niemanden wie dich.«
»Eine Frau«, wisperte sie, und ihre Kehle wurde enger.
Er fragte: »Hast du Angst?«
»Natürlich.«
»Ich nicht. Ich fühle mich gut. Aber es ist sehr seltsam.«
Mehr als nur seltsam, dachte sie. Und dann: Nein, es ist genau das gleiche. Zusammen fielen sie rückwärts in die Kissen.
»Warte, nicht so«, sagte sie.
»Zeige es mir.«
»Ich bin etwas verlegen.«
»Was bedeutet das?«
Sie wußte es selbst nicht. Was zum Teufel konnte es bedeuten in solch einer Situation?
Später am Tag, als sie Seite an Seite nebeneinanderlagen, fragte sie ihn: »Bist du jung, oder bist du alt? Oder irgendwas dazwischen?«
»Eigentlich zwischen jung und irgendwas dazwischen. Und du?«
»Bei mir ist es genauso. Nur fürchte ich, daß ich bereits näher an irgendwas dazwischen als an jung dran bin. Mehr zur Mitte.«
»Ist es dieses Mal schlechter, als es früher für dich war?«
»Nein, ist es nicht. Es ist besser.«
Sie liebten sich im Wohnzimmer auf dem Boden,

auf dem Sofa im Eßzimmer und im Sitzen auf den Küchenstühlen, und oben im ersten Stock in der Badewanne. Und sie sprachen miteinander. Der größte Teil ihrer Unterhaltung bestand darin, Fragen zu stellen und zu beantworten. Sie fragte ihn: »Woher kommst du? Lieben sich dort alle so viele Male an einem einzigen Tag?«

»Ist es zu oft?«

»Nein. Es ist gerade richtig für mich. Perfekt. Die Leute hier bei uns sind alle verschieden: Manche mögen es sehr, manche nur ein wenig, und bei manchen hängt es davon ab, mit wem sie zusammen sind oder wie alt sie sind oder ob sie in guter Stimmung sind – manchmal sogar davon, ob das Wetter gerade umschlägt.«

Er erzählte ihr von den beiden Männern, Kelsoe und Wachter, die ihn mißhandelt hatten. Sie hatten ihm die menschliche Sprache mit Hilfe einer Vorrichtung beigebracht, die ihm jedesmal, wenn er einen Fehler machte, einen elektrischen Schlag versetzte. Das Schulungsprogramm wurde von einem Dr. Forest geleitet, der zwar hart war, sich aber andererseits nicht von seinen Emotionen hinreißen ließ. Wenn er nicht da war, arbeiteten Kelsoe und Wachter mit den Elektroschocks und anderen Apparaturen – einem Stuhl, auf dem sie ihn festschnallen konnten, und Spezial-Augengläsern –, um ihn zu reizen und zu quälen. Und wie er ihr später erzählte, hatten sie ihre Machtposition auch dazu benutzt, ihn zu zwingen, sich auf verschiedenste Weise sexuell mißbrauchen zu lassen. Von einigen dieser Dinge hatte Dorothy niemals zuvor etwas gehört. Daß er sich ihr im Gästezimmer erst so unsicher genähert hatte, lag sicher auch an der Art und Weise, wie sie ihn dort im Institut behandelt hatten. Sie suchte nach Erklärungen, aber er sagte, es sei nicht so wichtig – es sei doch klar, daß es mit ihnen anders war. Sie fühlte sich unfähig, ihm verständlich zu machen, wie solche Dinge passieren konnten und wie es kam, daß die gleiche Sache einmal gut und einmal schlecht sein konnte, je nachdem, warum man sie tat, und was diese Begriffe bedeuteten. Am liebsten hätte sie ihm gesagt: Der Punkt ist, ob es aus Liebe geschieht. Doch auch das schien ihr zu schwierig, um darüber zu sprechen. In der High-School hatten sie Aufsätze über Themen wie Liebe, Schönheit oder auch die Zeit schreiben müssen. Die Zeit hatte sie am meisten interessiert. Fünfzehn Seiten hatte sie vollgeschrieben, bis es klingelte. Aber natürlich, schließlich war die Zeit ja etwas Sichtbares. Es war viel einfacher, über etwas zu schreiben, was man selbst sehen konnte, als über etwas, das nur an seinen Auswirkungen zu erkennnen war.

Er duschte oft, mehrmals am Tag. Es gefiel ihm fernzusehen, aber besonders gern hörte er Musik. Und was er aß, fand sie sehr schnell auch nicht außergewöhnlicher als das, was ein ganz nor-

maler Mensch mit einem Gesundheitstick zu sich nahm.
An jenem ersten Tag holte sie ihr Bandmaß hervor, ehe sie das Haus verließ, um ihren Nachmittagseinkauf zu machen. Sie nahm Maß an seinen Füßen und schrieb die Zahlen auf ein Stück Papier.
»Ich weiß, deine Haut ist sehr stark. Aber du brauchst Bewegung, und wenn du spät nachts draußen herumläufst, kannst du leicht in einen Nagel oder in eine Scherbe treten. Und manchmal sind die Bürgersteige voller scharfer Steine.«
»Das stimmt. Als ich gestern abend in die Küche kam, taten mir die Füße ziemlich weh.«
»Ich werde sehen, ob ich ein Paar Sandalen für dich finde.«
»Vielen Dank«, sagte er. Er war äußerst höflich. Nun, da sie wußte, mit welch brutalen Methoden die Leute im Institut ihm ihre Vorstellungen von Höflichkeit eingebleut hatten, empfand sie die leisen Anklänge guter Erziehung in seinen Äußerungen so schmerzlich, als wären es Narben auf seinem Körper.
Als sie das Haus verließ, erklärte sie ihm, was es mit Telefon und Türklingel auf sich hatte, gab ihm den Schlüssel zu seinem Zimmer und warnte ihn davor, den Ton zu laut zu drehen, falls er Radio hören oder fernsehen wollte.
Dann fuhr sie zum Einkaufen und fühlte sich gerade so wie ein junges Mädchen auf dem Weg zu

seinem ersten Job. Nicht einmal der Sarkasmus des Mannes im Schuhgeschäft konnte ihr die Stimmung völlig verderben.

»Für wen sollen die denn sein, Lady? Für den Schneemenschen? Wollen Sie mich auf den Arm nehmen?«

»Für meinen Schwager«, antwortete sie ruhig. »Er kann nur handgefertigte Schuhe tragen. Und jetzt haben sie ihm sein Gepäck gestohlen. Was soll er machen? Er sitzt in der Klemme. Schon oft hat er uns erzählt, wie es früher in der Schule für ihn war – und wie man ihn heute in vielen Schuhgeschäften immer noch auslacht und Witze über ihn reißt. Ich hab das vorher nie geglaubt. Ich konnte mir nicht vorstellen, daß ihn jemand wegen seines Körpers auslachen würde.«

»In Ordnung, in Ordnung. Sie brechen mir das Herz.«

Herz? Sie konnte sich den Mann gut vorstellen, wie er Elektroschocks anordnete. Er rief etwas nach unten ins Lager. Eine Stimme antwortete ihm, und wenig später reichte ein Junge mit langen gräulichen Haaren einen Schuhkarton herauf.

»Genau die Länge, wenn die Maße stimmen.«

»Das hier ist die richtige Größe.« Sie dachte, er würde es dabei belassen, doch er konnte nicht widerstehen. »Sollte er noch größere brauchen«, fügte er hinzu, »muß er eben die Kartons tragen.«

Auch ohne das Geld für die Sandalen gab sie mehr

aus, als sie vorgehabt hatte. Sie kaufte eine Sonderration Gemüse, Nudeln, Reis, eine Riesenpackung wilden Reis und Avocados, die ihr auffielen, als sie schon zur Kasse hinübergehen wollte.

Ihr Glücksgefühl kam zurück, wie ein Glühen, als hätte sie etwas gegessen, das nicht aufhörte, sie mit Wärme zu erfüllen. Es war ein Geheimnis, das ganz allein ihr gehörte, auch wenn sie es gern mit jemandem geteilt hätte. Genauso hatte sie sich gefühlt, als sie schwanger gewesen war. Konnte sie Estelle davon erzählen? Doch wenn Estelle es nicht verstehen würde, wenn sie jemandem gegenüber ein falsches Wort verlieren würde, dann stände sicher gleich die Polizei mit Pistolen und Knüppeln vor ihrer Tür, oder die Leute vom Institut, mit Spritzen und Drogen, und das wäre wahrscheinlich noch schlimmer. Sie würden sagen, all das geschehe zum Schutz der öffentlichen Sicherheit, vielleicht sogar, es sei auch für Larry so das Beste. Und es würde ihnen ein leichtes sein, ihre Behauptungen zu begründen. Hatte er nicht schon zwei Morde begangen? Auf dem Weg zum Schuhgeschäft hatte sie das Autoradio eingeschaltet und die Nachrichten gehört, in denen es hieß, einem der Männer, dem, der Kelsoe hieß, sei der Kopf buchstäblich vom Rumpf heruntergerissen worden, während man den anderen »zweigeteilt und ausgeweidet« aufgefunden habe.

Es war besser, niemandem etwas zu erzählen.

Statt dessen würde sie sich überlegen müssen, was zu tun sei, sollte man sie zufällig einmal überraschen.
Dabei dachte sie vor allem an die Nachbarn. Fred würde nichts bemerken. Er kam niemals auch nur in die Nähe des Gästezimmers. Selbst in die Küche ging er nur äußerst selten. Er frühstückte ja sogar am liebsten am Tisch im Eßzimmer. Vor Jahren, da waren sie ständig in der Küche gewesen, zusammen mit Scotty. Doch das war lange vorbei.
Sie verließ den Highway, fuhr ein Stück geradeaus, bog dann in die Allee, die an der Baumschule vorbeiführte, warf einen Blick auf die protzigen Villen mit ihren großen Gärten und war auch schon an der Ecke zu ihrer Straße. Plötzlich sah sie über sich am Himmel eine gigantisch aufgeworfene Wolke, so groß und so kunstvoll geformt wie ein barockes Opernhaus, das von allen Seiten angestrahlt wird. Rosa und cremefarben schimmernd, segelte sie über ihr hin, unwirklich und romantisch, und folgte dort oben im Blau des Himmels demselben Kurs, den Dorothy tief unter ihr steuerte. Das mußte ein gutes Omen sein.

3

Beim Abendessen war Fred ruhig wie gewöhnlich. Er müsse sich noch ein paar Unterlagen ansehen, sagte er. Und sie zog sich in die Küche zurück, woran auch nichts Besonderes war.
Sie machte einen Riesensalat für Larry, trug ihn durch die Diele und klopfte, wie sie es vorher verabredet hatten, an die Tür.
Während er aß, blieb sie ein paar Minuten bei ihm sitzen, entschied sich dann aber, in die Küche zurückzugehen, da sie es für sicherer hielt. Das Telefon könnte klingeln, oder Fred könnte wegen irgend etwas nach ihr rufen und, weil er keine Antwort bekam, hereinkommen und sie beide entdecken.
»Ich komme später zurück, wenn es dunkel ist. Dann machen wir einen Spaziergang.« Sie betrachtete seine Füße in den Sandalen. »Sind sie bequem?«
»Sie sind in Ordnung. Wie Kleider nun mal sind.« Er wandte den Blick von dem alten Schwarz-Weiß-Fernseher, der ohne Ton lief, zu ihr hinüber. Er nahm ein Stück Avocado aus dem Salat, schob es sich in den Mund und bewegte die Lippen. »Das

ist das beste Gemüse, das ich bisher gegessen habe«, sagte er. »Ich mag es ganz besonders.«

»Gut. Das freut mich.«

»Kann ich das bitte auch zum Frühstück bekommen?«

»Aber natürlich.«

Sie spülte das Geschirr ab und überlegte, wie sehr die zusätzlichen Lebensmittel wohl bei ihren wöchentlichen Ausgaben zu Buche schlagen würden. Wahrscheinlich würde Fred keinen Unterschied bemerken, die Preise stiegen sowieso derartig schnell. Zumindest lebten sie in einem Teil dieser Welt, wo Avocados nicht sonderlich teuer waren. Ein Glück, daß Larry keine besondere Vorliebe für Hummer oder Shrimps hatte.

Das Telefon klingelte. Als sie den Hörer abnahm, fiel ihr ein, daß sie ihre Schwägerin wegen des Urlaubs hatte anrufen wollen.

»Dorothy?« Es war Estelle.

»Oh, hallo, Stelle. Ich wollte dich schon anrufen. Aber heute komme ich einfach zu nichts.«

Estelle erinnerte sie an die Kleiderschau und fragte, ob sie und Fred am nächsten Samstag mit zu einer Party kommen wollten. Dorothy ging durch die Schwingtür, lief durchs Eßzimmer und streckte den Kopf um die Ecke. Fred saß am Tisch, die Hand unter dem Kinn, stützte er sich auf seinen linken Ellbogen. Es sah nicht so aus, als würde er sehr hart arbeiten. Sie fragte ihn wegen Sams-

tag. Er antwortete mechanisch »nein«, ohne auch nur seinen Kopf zu drehen.
»Bist du sicher? Es könnte lustig werden.«
»Nicht für mich. Geh du, wenn du magst.«
»Nun, vielleicht. Ich würde aber lieber zusammen mit dir gehen.« Er antwortete nicht, machte keine Bewegung. Sie ging zurück in die Küche.
»Estelle? Fred sagt nein.«
»Warum?«
»Oh, ich weiß nicht, warum. Er sitzt einfach da und tut nichts. Aber er sagt nein.«
»Dann kommst du.«
»Vielleicht. Gib mir ein paar Tage Zeit. Ich werd's dir sagen, wenn wir uns bei der Kleiderschau sehen.«
»Okay. Bis dann.«
Es stimmt, dachte Dorothy, er arbeitet nicht wirklich. Sie legte den Hörer auf die Gabel, holte die Salatschüssel von Larry und sagte ihm, er solle sich fertig machen. Sie würden den Wagen nehmen. Fred kümmerte es nicht mehr, wohin sie ging oder fuhr – oder wann. Zuerst, nach Scotty und dem Baby, als sie angefangen hatte, geradezu zwanghaft rastlos umherzuwandern, war er noch besorgt um sie gewesen. Es hatte ihm keine Ruhe gelassen. Sie sei schutzlos, hatte er gesagt. Alles mögliche könne passieren, auch in einer Wohngegend, und auch in einer so hübschen und ruhigen wie der ihren. Menschen seien nun mal keine Eier

in Zehnerpackungen – niemand könne sie zwingen, in ihrem eigenen Viertel zu bleiben. Sie könnten überall hin. Ja, hatte sie gesagt, und genau das wolle sie auch. Dann sollte sie sich zumindest einen Hund anschaffen, hatte er gemeint, zum Schutz. In Ordnung, hatte sie gesagt, in Ordnung. Sie hatte einen Hund gekauft. Einen kleinen, rechtschaffenen, freundlichen Hund, einen Jack-Russell-Terrier. Sie nannte ihn Bingo und brachte ihn mit nach Hause. Fred war explodiert. »Das nennst du einen Hund?« hatte er gerufen. »Der ist ja kleiner als ein Hamster.« – »Er ist sehr schnell«, hatte sie erklärt, »und läßt dich nie aus den Augen. Er ist . . .« – »Oh, heiliger Herr im Himmel, Dot! Du mußtest dir natürlich einen nutzlosen Schoßhund wie den da kaufen. Er wird dir eine riesige Hilfe sein, wenn du um eine Ecke biegst und in eine Horde Gesindel hineinrennst, die dich erst zusammenschlägt und dann vergewaltigt.« – »Bei meinem Glück«, hatte sie geschrien, »fesseln sie mich an einen Zaun und vergewaltigen den Hund.« Er hatte sie geschlagen, nur, wie er später sagte, um sie zu beruhigen, und sie hatte angefangen zu weinen und ihn gefragt, warum er die getrennten Betten wollte und warum sie niemals mehr zusammen schliefen, nicht mal mehr, um einander einfach nur nah zu sein. Er hatte gesagt, dann würde er sich schuldig fühlen, und er könne nun einmal nicht, es sei eben nichts mehr so, wie es sein sollte, und es werde sich schon wieder ändern, wenn sie den Dingen nur ihren Lauf ließen. Es werde vielleicht eine Zeit dauern, aber am Ende werde alles wieder so sein wie früher, und bis dahin solle sie doch bitte aufhören, ihn unter Druck zu setzen. Sicher, hatte sie gesagt, alles werde sich wieder einrenken.

Sie hatte Bingo mitgenommen auf ihre Wanderungen. Sie waren überallhin gewandert. Nie zuvor hatte sie ein so lebhaftes kleines Tier gesehen. Es war lustig mit ihm, es machte ihm so einen Spaß zu leben. Und auch als er älter wurde, hatte er sich seine Verspieltheit erhalten. Er war bereits auf dem besten Wege, ein ausgewachsener Hund zu werden, als sie eines Tages im Garten ein paar Blumenzwiebeln setzte, aufblickte und ihn nirgends entdecken konnte. Er tauchte den ganzen Tag nicht wieder auf. Er kam nicht, weil ihn ein Auto überfahren hatte. Fred hatte sie weinend im Wohnzimmer vorgefunden, als er von der Arbeit nach Hause kam. Alles in ihrer Nähe würde sterben, hatte sie gesagt. Alles. Es war ein Wunder, daß der Rasen vorm Haus nicht plötzlich in die entgegengesetzte Richtung wuchs und in der Erde verschwand. Tagelang weinte sie. Wochen. Und Fred versuchte immer seltener, ihr die Dinge zu erklären, er sprach immer weniger mit ihr. Wie sehr man jemanden auch liebte, es gab eine Grenze, von der an man das ständige Weinen einfach nicht mehr aushielt.

Seit jener Zeit hatte er nicht mehr versucht, sie aufzuhalten, wenn sie nachts allein aus dem Haus ging, er fragte nicht einmal mehr, wohin sie wollte oder wann sie zurückkam.

Noch einmal streckte sie den Kopf um die Ecke und sagte ihm, sie wolle schnell ein paar Briefe in den Kasten werfen und dann ein wenig mit dem Wagen herumfahren. »Okay«, sagte er nur und saß immer noch genauso da wie vorher.

Sie ging zu Larry hinein, nahm ihn bei der Hand, führte ihn durch Diele und Küche und schließlich durch die Tür, die sie fast nie benutzten und durch die man direkt in die Garage kam. Sie öffnete den Wagen und versteckte Larry auf dem Rücksitz. Er war zu groß, als daß er in einer einigermaßen bequemen Position mit dem Kopf nach unten auf den Vordersitz gepaßt hätte. Statt dessen stellte sie ihre Korbtasche auf den Sitz neben sich.

Der Abend war klar, und von Zeit zu Zeit kam eine leichte Brise auf. Es war noch nicht ganz dunkel. Im letzten, weichen Dämmerlicht fuhr sie die schnurgeraden, sauberen Straßen hinunter. Die Häuser links und rechts sahen freundlich aus, hier und da fiel der Schein einer Lampe auf die Straße, und fast überall waren die Vorhänge noch nicht zugezogen. Es hatte eine Zeit gegeben, da hatte sie den Anblick abendlich erleuchteter Häuser nicht ertragen können – hinter wie vielen dieser Mauern gab es richtige Familien, und wie viele Kinder waren wohl hinter ihnen verborgen?

»Ich wünschte, du könntest aufrecht sitzen und dich umsehen, aber es ist noch zu hell. Möglicherweise wirft gerade jemand einen Blick aus einem der Fenster auf unser Auto, und schon hätte er dich entdeckt. Aber es dauert nicht mehr lange. Ich sag dir Bescheid.«

»Ich kann die Gärten riechen«, sagte er.

Auch sie konnte die Blumen riechen, die im schwächer werdenden Licht ihre Düfte aussandten, und das Gras, das sie an ihre Kindheit erinnerte, an ihre Schulzeit, Tage im Mai und in den ersten Juniwochen, wenn die Fenster geöffnet waren und die Männer draußen auf dem Schulhof das Gras mähten.

»Ich liebe diesen Duft«, sagte sie. »Aber eine meiner Freundinnen in der Schule hatte ständig Heuschnupfen. Sie brauchte nur in die Nähe von Gras oder Bäumen oder Pflanzen zu kommen, und schon mußte sie husten und niesen – jedes Jahr war es das gleiche. Ich nehme an, daß sie heute Tabletten dagegen nimmt oder daß sie Spritzen bekommt.«

»Mir gibt der Duft Kraft. Als könnte ich ihn essen.«

»Mir auch, besonders der von Blumen.« Sie überlegte, ob ihm Parfum gefallen würde. Fred haßte es. Mit Ausnahme von Palmolive konnte er nicht einmal den Geruch auch nur leicht parfümierter Seifen ertragen.

Schließlich kamen sie in eine Gegend, in der nur noch wenige Häuser standen. Der Himmel war jetzt dunkler, und die Blätter der Bäume, die die Straße säumten, hingen fast schwarz nach unten.

»Ich glaube, jetzt ist es in Ordnung, Larry. Aber sei bereit, wieder zu verschwinden, wenn ich es dir sage.« Sein Gesicht erschien im Rückspiegel. Er sah nach vorn, dann nach links und rechts. Nach einer Weile sagte er: »Wenn ich einen Hut hätte, glaubst du, daß mich dann nachts jemand bemerken würde?«

»Du bräuchtest mehr als nur einen Hut. Aber ich glaube, mit Make-up und einer Sonnenbrille könnte es funktionieren. Wenn du schnell genug fahren würdest.«

»Könntest du mir beibringen, wie man mit dem Wagen umgeht?«

»Aber sicher. Das wär noch das leichteste.«

Sie fuhr in Richtung Strand. Auf dem Highway drückte er sich wieder tief in den Sitz, bis sie schließlich in eine ruhige, leicht heruntergekommene Gegend voller alter, schindelgedeckter Häuser und wie zerrupft aussehender Palmen kamen. Die Häuser reichten bis nah an die Bürgersteige heran, und es gab nur wenige Blumen. In vielen der kleinen Vorgärten war statt Rasen nur ein Stück kahler Erde zu sehen. Im Hintergrund hörte Dorothy neben dem fernen Rauschen des Verkehrs auf der Hauptstraße ganz leise das Meer. Auf dem Rücksitz gab Larry ein leichtes Stöhnen von sich – aus Freude oder Schmerz. Auch er hatte es gehört.

»Ich hab ein paar Handtücher mitgenommen. Wir könnten schwimmen gehen, wenn du magst.«

»Ja, bitte.«

Sie fuhr eine unbefestigte, sandige Straße entlang. Niemand war zu sehen. An der nächsten Abzweigung bog sie in einen schmalen, holprigen Pfad und hielt an. Das Meer war laut und nah.

Er kletterte nach vorn, setzte sich neben sie und legte den Arm um sie. Dorothy lehnte ihren Kopf gegen seine Schulter, und für eine Weile saßen sie da und lauschten.

Als Teenager, dachte sie, die ganze Zeit, habe ich so sehr darauf gehofft – im Auto am Strand, mit einem Jungen –, doch es ist nie soweit gekommen. Jetzt endlich . . .

Er sagte: »Hörst du es?«

»Ja, ich hab das Rauschen des Meeres schon immer geliebt. Ich glaube, jeder tut das.«

»Für mich ist es ein Stück von Zuhause. Schwer zu erklären, warum – es ist ganz einfach immer da, wie dein Herz, das schlägt. Ständig, unser Leben lang, umgibt uns diese Musik. Sie ist wundervoll. Das Meer spricht zu uns. Und gleichzeitig ist es unser Zuhause, das da spricht. Kannst du das verstehen?«

»Du mußt einsam sein.«

»Mehr als alles andere. Mehr noch als hungrig. Selbst der Hunger verschwindet von Zeit zu Zeit, dieses Gefühl niemals.«

Sanft berührte sie sein Gesicht mit ihrer Hand und versuchte sich vorzustellen, wie es in seiner Welt wohl war. Vielleicht war es wie als Kind im Mutterleib zu treiben, und überall um sich herum konnte man ihre Stimme hören.

»Wie ist es dort?« fragte sie.

»So viele Dinge sind völlig anders. Die Farbe ist anders. Alles, was du siehst, sagt dir etwas. Im Institut haben sie mir erzählt, daß es Leute gibt, die farbenblind sind. Wenn man versucht, sie darüber aufzuklären, glauben sie es zunächst nicht. Sie können nicht glauben, daß ihnen etwas fehlt, weil sie die Welt nie anders kennengelernt haben. Genauso schwierig wäre es, dir zu erklären, in welcher Weise meine Welt anders ist – wie sie aussieht.«

»Und wie sie klingt.«

»Und was für ein Gefühl es ist, in ihr zu leben. Wenn man sich bewegt, bewegt sich die Umgebung ebenfalls.«

»Deine Augen sind speziell dafür da, unter Wasser zu sehen, nicht wahr? Ich meine, ich bin mir nicht sicher, ob ich genau das sähe, was du siehst, selbst wenn ich in einem Taucheranzug nach dort unten gelangen könnte.«

»Ja, meine Augen haben sie sehr interessiert.«

»Als du geflohen bist, hat dir da das Licht nicht weh getan?«
»Ja.«
»Dann war die Idee mit der Sonnenbrille ja gar nicht so schlecht. Ich werde dir möglichst bald eine besorgen – für alle Fälle.«
»Ich hatte erst einen Hut, um mich an die Helligkeit zu gewöhnen. Wenigstens fiel mir damit das Licht nicht so direkt in die Augen.«
Eine normale Sonnenbrille würde allerdings sicher nicht passen. Sein Kopf war viel zu groß. Sie würde die Bügel abnehmen, das Vorderteil irgendwie verlängern und dann alles wieder zusammenbauen müssen. Ob die beiden Gläser weit genug auseinander sein würden? Und schließlich war da noch das Problem, wo die Brille vorne Halt finden sollte. Der Raum zwischen seinen Augen war flach, und die Augäpfel standen vor; es würde schmerzen, wenn die Gläser direkt auf ihnen auflägen.
»Wenn du jetzt hinaus ins Meer schwimmen würdest, könntest du dann bis nach Hause gelangen?«
»Nein«, sagte er traurig. »Sie haben mir auf einer Karte gezeigt, wo sie mich gefangen haben, und das ist weit weg.«
»Könntest du mir zeigen, wo es ist?«
»Ja. Es heißt Golf von Mexiko.«
»Ich verstehe. Du müßtest die ganze Küste hinunterschwimmen und dann noch durch den Panamakanal.«

»Weißt du, es ist wundervoll, eine andere Welt zu sehen. Alles ist so völlig verschieden von dem, was du dir je vorgestellt hast. Und alles paßt genau zusammen. Nicht mal im Traum hättest du es dir so ausdenken können, doch trotzdem scheint alles zu funktionieren, und auch der kleinste Teil hat seinen besonderen Platz. Alles – nur ich nicht. Wenn ich von Anfang an gewußt hätte, daß ich nur für kurze Zeit hierbleiben würde, dann wäre es die aufregendste Geschichte, die ich mir vorstellen könnte – wie ein Wunder. Aber zu wissen, daß es für immer ist, daß ich für immer werde hier sein müssen, obwohl ich nicht hierhergehöre, und daß ich niemals mehr zurück nach Hause komme, niemals . . .«

Er senkte seinen Kopf. Sie umarmte ihn.

»Ich weiß nicht, wie ich es ertragen könnte, dich jetzt wieder aufzugeben«, sagte sie zu ihm. »Jetzt, wo es dich gibt, ist alles in Ordnung.« Sie erzählte ihm von ihrer Ehe und von ihren Kindern. »Aber ich verstehe dich. Wenn es mir gelingen würde, dich zu der Stelle an der Küste zu bringen, die deiner Welt am nächsten ist, könntest du von dort aus zurückschwimmen?«

»Ja«, sagte er und hob den Kopf.

»Dann schaffen wir es. Wir müssen uns nur alles genau überlegen: Du schwimmst die Küste entlang, während ich mit dem Wagen über die mexikanische Grenze fahre, und wenn ich erst drüben bin, steigst du wieder ein.«

Sie sprachen über die Idee. So wie sich der Plan darstellte, war alles ganz einfach. Allein die Frage des genauen Zeitpunkts konnte schwierig werden. Freds Urlaub stand vor der Tür, und noch war nicht klar, wie es mit seiner Schwester Suzanne gehen sollte, um die er sich meist nicht sonderlich kümmerte, sondern die er immer auf Dorothy abschob, wenn Suzanne das Bedürfnis verspürte, ihn wieder einmal zu sehen. Suzanne sollte irgendwann während der nächsten zwei Monate zu Besuch kommen.

Schon einige Jahre hatten sie getrennt Urlaub gemacht, oder er war allein weggefahren, und Dorothy war zu Hause geblieben. Hin und wieder fuhr sie ihre Eltern besuchen, die alt geworden waren und die zu sehen Dorothy manchmal irritierte; erst war es mit einem von beiden schwierig gewesen, dann wieder mit dem anderen, und heute waren sie alle beide oft mürrisch und gereizt. Konnte sie nicht einfach den Wagen nehmen und sagen, sie brauche mal eine Pause?

Larry zog seine Sandalen aus und stieg aus dem Auto. Sie folgte ihm und nahm die Schlüssel und den Korb mit den Handtüchern mit.

Zuerst schwammen sie zusammen. Sie war erstaunt, wie sich seine Stimmung veränderte. Es war so, als wäre sie mit einem Wasserball hinausgeschwommen, aber auch mit einem kraftvollen Tier oder einer Maschine. Sein Aussehen hatte sie nicht wirklich von seiner Andersartigkeit überzeugt, aber das hier tat es: wie er sich in seinem Element, dem Wasser, bewegte. Raketenschnell kam er aus der Tiefe nach oben geschossen, nahm sie in seinen Arm und fuhr mit ihr über die Wellen. Sie schienen so schnell zu sein wie ein Motorboot. Nach einer Weile sagte Dorothy, sie wolle wieder an Land und sich abtrocknen. Larry bat sie, solange auf ihn zu warten, bis er die nähere Umgebung ein wenig erforscht habe.

»Sei vorsichtig«, sagte sie zu ihm. »Die Küste hier fällt sehr schnell steil ab. Das Riff führt nicht langsam nach unten.«

Sie ging den Strand hinauf, trocknete sich ab und zog sich wieder an. Dann setzte sie sich hin und wartete und versuchte, einen Plan auszuhecken. So viele Jahre lang war nichts passiert. Sie hatte den einen oder anderen Job angenommen, um etwas zu tun zu haben, aber das war es auch schon. Sie hatte keine besonderen Interessen gehabt, über ihre Ehe lohnte sich nicht zu sprechen, und Kinder hatte sie auch keine. Jetzt, nach all der Zeit, hatte sie etwas.

Eigentlich sollten sie die Geschichte an die Öffentlichkeit bringen. Für das, was diese schrecklichen Leute im Institut mit ihm gemacht hatten, gab es nur ein einziges Wort: Folter. Sie könnten das alles den Zeitungen zuspielen. Besonders die Sache mit den beiden Männern, die ihn gezwungen hatten, an ihren Sexspielen teilzunehmen. »Ich tötete, um meine Männlichkeit zu verteidigen.« Das ließ sich bis zum obersten Gerichtshof bringen. Man könnte auf eine Affekthandlung plädieren. Es würde eine Sensation sein. Ein Musterprozeß. Sie würden den Begriff »menschliches Wesen« genau definieren müssen. Sollte Larry nicht menschlich sein, konnte er keinen Mord begehen, lediglich töten wie ein Tier, und dafür durfte ihn niemand bestrafen. Andererseits, sollte man ihn als menschliches Wesen betrachten, hatte er aus Selbstschutz getötet, im Affekt, unter Qualen, die ihm von zwei Sadisten zugefügt worden waren. Er war seiner menschlichen Grundrechte beraubt worden, und ihn einzusperren, weil er einer anderen Rasse angehörte, das war schon das erste Unrecht gewesen. Sie sah die Zeitungen vor sich: »Diese grausamen und barbarischen Praktiken ständen nicht im Einklang mit den Lehren unserer Religion, sagt der Froschmensch. Ist das der Geist der amerikanischen Demokratie? fragen wir.«

Aber er hatte ihr gesagt, sein einziger Wunsch sei, wieder nach Hause zu kommen. Er würde mit den Zeitungen nichts zu tun haben wollen. Und natürlich hatte er recht damit. Schließlich waren da nicht nur der Pöbel und die gleißenden Lichter und die sich überschlagenden Medienmacher oder irgendwelche anderen Leute, die sich darum drängten, auf jemanden herunterzuspucken. Es

war auch möglich – wie der Sprecher im Radio gesagt hatte –, daß eine einfache Krankheit, eventuell schon ein Schnupfen, für ein Geschöpf, das niemals Abwehrkräfte dagegen entwickelt hatte, zur tödlichen Gefahr wurde. Schlimmer noch, vielleicht trug er bereits einen Bazillus in sich, der seine verheerende Kraft erst zeigen würde, wenn er wieder nach Hause zurückgekehrt war – ohne es auch nur zu ahnen, könnte er den Untergang über sein ganzes Volk bringen. Es war besser, an solche Möglichkeiten gar nicht erst zu denken.
Sie sollte versuchen, ihn möglichst bald wegzubringen, doch sie konnte sich nicht so ohne weiteres davonmachen. Sie mußte einen Vorwand finden. Sicher würden sie noch bis zu den Ferien warten müssen.
Er blieb ziemlich lange weg, wie ihr schien. Der warme Wind hatte die Wolken davongefegt, so daß sie die Sterne sehen konnte. Sie fragte sich, was er gerade tat, wie weit er hinausgeschwommen war, und wie tief. Sie stellte ihn sich vor, wie er zwischen den wundervollen Farben hindurchschwamm, in einer Umgebung, die zwar nicht sein Zuhause, ihm aber dennoch vertraut war – als würde man einen Mann aus Connecticut, der auf einen fremden Planeten entführt worden war, in Norwegen oder Japan wieder zurück auf die Erde bringen; wenn es auch nicht sein Zuhause war, so würde er doch einiges wiedererkennen.

Aber dort unten mußte es jetzt dunkel sein, und es war nicht das herrlich leuchtende Aquarium, so wie sie es sich während der Stunden mit Tageslicht vorstellte, wirbelnd mit Schwärmen kleiner, zarter Tiere, die langsam im Rhythmus einer gleichmütig heiteren Wellenbewegung mal hierhin, mal dorthin strömten und tanzten und dabei das Bild eines lebenden Gemäldes schufen. Doch die Vorstellung war sicher sowieso falsch. Der Ozean war kein Aquarium, das man künstlich angelegt hatte. Der Ozean war eine Welt. Und eine Welt ist kein Kunstwerk. Dorothy stellte sich die lebenden Dinge vor, die sich in jener Welt bewegten: groß, unbarmherzig und hungrig. Wie wir hier oben.

Sie fing gerade an, sich einzureden, daß er unten auf dem Grund des Meeres liege, verletzt oder gar sterbend, als sie sah, wie seine Gestalt aus dem Wasser auftauchte. In der Dunkelheit und auf die Entfernung sah er genau aus wie eine Götterstatue, nur daß sein Kopf um weniges größer und runder war. Und zwischen Knien und Hüften war sein Körper eine einzige harmonische, schwimmende Bewegung, die breiten, kraftvollen Schultern und die Arme schienen gleichsam zu schweben.

Sie gab ihm ein Handtuch, und er trocknete sich ab.

»Sollen wir heute noch mit deinen Fahrstunden

anfangen, oder möchtest du lieber bis morgen damit warten? Es ist schon etwas spät. Ich wußte nicht, daß du so lange wegbleiben würdest.«

»Morgen«, sagte er.

»Ist dir kalt?«

»Nein.«

Er kroch wieder hinten auf den Rücksitz. Dorothy startete den Motor. »Das hier wäre ein guter Platz, um fahren zu lernen«, sagte sie. »Die Gegend scheint völlig verlassen, und der Weg da drüben führt noch weiter ins Nirgendwo, immer geradeaus.«

Sie erzählte ihm, was sie sich ausgedacht hatte. Konnte er so lange warten? Er sagte ja. Sie fragte ihn, wie es im Wasser gewesen sei. Es sei nicht wie zu Hause gewesen, antwortete er; er habe sich da unten fast so fremd gefühlt wie hier oben.

»Aber dort unten weiß ich, wie ich mich verteidigen kann. Niemand greift einen dort wegen seiner Gedanken an – nur, wenn man jemanden verletzt, in sein Heim eindringt oder wenn dich einer essen will.«

»Und wenn du anders bist. Hier oben ist es genauso.«

»Aber im Meer tut dir niemand etwas, nur weil du ungewöhnlich aussiehst.«

»Ich dachte, es sei überall das gleiche, jeder müsse sich anpassen. Die Leute fühlen sich so schnell verunsichert und bedroht, und dann, wenn sie in der

Mehrzahl sind, stürzen sie sich auf alles, was ihnen fremd ist.«

»Ist das hier so?«

»Mehr oder weniger. Zuerst einmal lassen sie dich wissen, was sie denken, und dann mußt du ihnen begreiflich machen, daß du derselben Meinung bist. Ist da unten sonst noch etwas passiert? Du siehst traurig aus.«

»Ja. Irgend etwas geht vor.«

»Die vom Institut betreiben in dieser Gegend ziemlich viel Unterwasserforschung. Meinst du das?«

»Nein. Ich weiß nicht. Es war nur so ein Gefühl.«

»Es ist nicht dein Zuhause.«

»Glaubst du, ich habe mich verändert? Vielleicht haben sie, ohne daß ich es gemerkt habe, etwas mit mir gemacht, etwas, das es mir unmöglich macht, jemals wieder in meine Welt zurückzukehren und dort in Frieden zu leben. Sie haben mir alles mögliche injiziert, weißt du, um mich zum Einschlafen zu bringen.«

Dorothy fuhr rechts ran, beugte sich nach hinten und legte ihm die Arme um den Hals. Sie küßte ihn und strich ihm über den Rücken.

»Sorg dich nicht. Es kommt schon alles irgendwie in Ordnung.« Gerade wollte sie sich wieder dem Steuerrad zuwenden, als er fragte: »Könnten wir nicht ein Stück gehen?«

Sie waren nicht mehr weit vom Haus entfernt, aber

in einem reicheren Viertel. Links und rechts standen Villen, umgeben von Gärten; Bäume säumten die Gehsteige. Dorothy stieg aus und sagte ihm, er solle seine Tür vorsichtig schließen.

Sie gingen Hand in Hand. Nach einiger Zeit blieb Larry plötzlich stehen und atmete tief ein. Er sagte, da sei eine Blume, die er riechen könne. Er zog seine Sandalen aus und schlich über eine große Rasenfläche zu einem Blumenbeet. Dorothy folgte ihm und hoffte inständig, die Besitzer des Hauses würden ihre Hunde, falls sie welche hatten, drinnen und nicht draußen halten. Als sie am Beet ankam, beugte er sich gerade zu ein paar weißen Blumen hinab. Nach den Blüten zu urteilen, handelte es sich um Tabakpflanzen. Etwa zwanzig Minuten liefen sie durch verschiedene Gärten, bevor sie sich entschlossen, nach Hause zu fahren.

Während der nächsten Tage wurden ihnen ihre Ausflüge zur Gewohnheit. Jeden Abend fuhren sie hinaus. Sie gingen schwimmen, allerdings nicht mehr so lange wie in der ersten Nacht, und danach gab sie ihm Fahrstunden. Er lernte sehr schnell. Dorothy kaufte ihm einen Hut, den sie vergrößern mußte, eine Sonnenbrille, die sie ebenfalls änderte, und eine Sammlung verschiedener Make-ups, mit denen sie hin und her experimentierten, bis er sagte, er hätte lieber andere Farben. Dorothy hatte es mit Beige versucht, doch jetzt nahm er die

Schachtel und schminkte sich in drei unterschiedlichen Brauntönen: in Gelbbraun, Rotbraun und einem ziemlich dunklen Braun.
»Die Hände«, sagte Dorothy.
»Mit Handschuhen. Welche Farbe, glaubst du, ist die beste?«
»Die indische sieht am besten aus, aber sie ist zu ungewöhnlich. Ich denke, vielleicht die chinesische.«
»Ich dachte, sie sei eher japanisch. Die ganz dunkle gefällt dir nicht?«
»Sie sieht nicht natürlich aus. Warum, weiß ich nicht.«
»Das tun sie alle nicht, aber wer sieht bei dem Licht auf dem Highway schon natürlich aus.«
»Trotzdem, ein Mann mit einem grünen Kopf würde den Leuten auffallen. Wahrscheinlich sollte ich dir eine Perücke besorgen.«
»Gut. Ich denke, ich probiere es jede Nacht mit einer anderen Farbe.«
Wenn Dorothy beim Einkaufen war, hörte Larry normalerweise Musik, oder er sah fern. Durch eine Krimiserie lernte er, daß es möglich war, ein Auto auch ohne Schlüssel zu starten, indem man einfach die Kabel, die zum Zündschloß führten, miteinander verband und den Wagen so kurzschloß. Dorothy mußte feststellen, daß er verschwunden war, als sie in sein Zimmer ging, um ihm zu sagen, daß sie in zehn Minuten soweit sei.

Den Rest des Abends saß sie in der Küche und wartete. Der Wagen war noch da, aber seinen Hut hatte er mitgenommen, ebenso seine Brille, die Sandalen, seinen Anzug, die Strümpfe und die Handschuhe. Sie machte sich derartige Sorgen, daß sie ihn, als er schließlich zurückkam, aus Erleichterung und Wut beinahe geschlagen hätte.

»Wo bist du gewesen?« fauchte sie ihn an und schaffte ihn durch die Diele in sein Zimmer. »Einfach so durch die Stadt zu spazieren, wie dir der Sinn danach steht. Ich habe dir gesagt, du mußt vorsichtig sein.«

»Ich bin gefahren.«

»Der Wagen war hier. Ich habe gleich nach ihm gesehen.«

»Ich habe einen anderen genommen. Nur für den Fall, daß man mich gefaßt hätte. Du weißt, du würdest ziemlichen Ärger bekommen, weil du einem gefährlichen Kriminellen Unterschlupf bietest. Mitwisserschaft – so nennt man das doch, oder?«

Sie schob ihn zum Bett hinüber, und er erzählte ihr, wohin er gefahren war und was er gesehen hatte. Nachdem er sie davon überzeugt hatte, daß ihn niemand bemerkt hatte oder ihm gar gefolgt war, gab er zu, zwischendurch ausgestiegen und ein Stück zu Fuß gegangen zu sein. Er habe sich unter die Leute gemischt, viele Männer seien betrunken gewesen, aber niemand habe sich getraut, mit jemandem von seiner Größe einen Streit anzufangen. »Und jetzt weiß ich auch, welches Make-up das beste ist. Der Trick besteht darin, eine Farbe zu nehmen, die sich von der Mehrheit der Leute abhebt, die in der jeweiligen Gegend leben.«

»Ich verstehe immer noch nicht, wie du den Wagen gestartet hast.«

»Das zeige ich dir morgen. Es war ganz leicht, auch wenn ich erst etwas nervös war. Du weißt, ich mag keine Elektrizität.«

»Würdest du deine Ausflüge lieber immer allein machen?« fragte Dorothy. »Ich meine, ich würde mich sorgen, aber du siehst mich schon den ganzen Tag über – würde es dir helfen, dich unabhängiger zu fühlen?«

Larry zog seine Handschuhe aus und griff nach ihren Händen. »Du verstehst mich«, sagte er.

»Ich wünschte mir wirklich, daß wir uns überall frei bewegen könnten, daß wir zum Essen in ein Restaurant gehen könnten – und noch so vieles mehr.«

»Ich hab gedacht, die Leute würden all das besonders genießen, was sie ein ›geheimes Laster‹ nennen«, sagte er und brachte sie damit derart zum Lachen, daß sie fast seine Perücke zerrissen hätte, die sie gerade zurück in ihren Karton legen wollte. Sie selbst hatte sie aus zweien zusammengenäht und dann den Schnitt so abgestimmt, daß sie ganz normal aussah. Eine allein wäre nicht groß genug gewesen.

»Und dein geheimes Laster bin ich?« fragte sie.

»Nein, die Avocados.«

Dorothy lachte immer mehr. Sie mußte ihr Gesicht in die Kissen drücken, um den Lärm zu unterdrükken.

4

Zwei Tage nachdem Larry angefangen hatte, allein seine nächtlichen Ausfahrten zu machen, besuchte Dorothy nachmittags Estelle.

»Du siehst verändert aus«, sagte Estelle. »Bist du Suzanne losgeworden?«

Dorothy sagte, nein, Suzanne habe ihnen bereits vier verschiedene Pläne mit detaillierten Instruktionen geschickt, was ihre Vorstellungen für die nächsten drei Monate anging. Dorothy setzte sich. »Und ich wette, bald schon wird ein neuer Plan mit der Post kommen. Erst hat sie ständig angerufen, bis ich so getan habe, als sei mit dem Telefon was nicht in Ordnung.«

Sie hatte große Schwierigkeiten, nicht die Kontrolle über sich zu verlieren. Estelle würde sie verstehen, aber sie würde auch den Mund nicht halten können. Sie würde es nicht fertigbringen, der Versuchung zu widerstehen. Und wen konnte das wundern, hatte doch Dorothy selbst schon so große Probleme, die Neuigkeiten für sich zu behalten? Besser, gar nicht daran zu denken. Aber es war geradezu zwanghaft. Als blicke sie aus ziemlicher Höhe auf alles hinab.

»Kaffee?« fragte Estelle und goß auch schon ein. Nacheinander kamen Sandra und Joey in die Küche geschlurft, stierten bedrückt in die Gegend und mußten erst dazu aufgefordert werden, »hallo« zu sagen. Auf der Suche nach etwas Eßbarem öffneten sie den Kühlschrank, würgten, was sie fanden, im Stehen herunter und trotteten wieder hinaus. Als sie durch die Tür und außer Hörweite waren, murmelte Estelle: »Manchmal scheinen die beiden kaum menschliche Wesen zu sein. Ich sage mir immer wieder, das geht vorüber. Sie sind so träge und mürrisch, wirklich beschissen. Alles, was sie rausbringen, ist Jaaa... und Neee... Erst hab ich schon gedacht, sie ständen unter Drogen.«
»Könnte immerhin sein.«
»Nein, nein, da bin ich sicher.«
»Ihre Körper produzieren Hormone, die in der Minute rund eine Meile in ihnen zurücklegen – das sind auch Drogen. Aber ich verstehe, was du meinst. Als ich so alt war, war ich die Beschränktheit in Person, schrecklich mädchenhaft, die reinste Traumtänzerin, hab nichts als Gedichte gelesen und so weiter.«
»Tatsächlich? Ich war zu der Zeit meist mit Jimmy McGraw auf irgendeinem Autorücksitz zu finden. Er kam von der anderen Seite der Bahngeleise. Die besten Nächte meines Lebens. Gleich nach der Scheidung dachte ich schon daran herauszufin-

den, wo all die Leute geblieben sind, aber dann hab ich mir überlegt, was das bringen würde. Das Besondere an der Sache damals war schließlich, daß es damals war und nicht heute.«

»Das denke ich auch.«

»Was ich meine ist... Du hast recht, das macht alles keinen Sinn. Du weißt schon, wie ich's meine.«

»Vielleicht ist das Ganze ja auch nur ein Anpassungsprozeß.«

»Wie bei diesen irischen Kindern. Das ist – nein, das habe ich mir bereits überlegt. Da stand ein Artikel in einer Zeitschrift über eine soziologische Untersuchung, die sie gemacht haben, und zwar mit Kindern aus Familien, in denen die Eltern wollten, daß zumindest eins ihrer Kinder in die Kirche ging. Sie haben herausgefunden, daß diese Kinder unbewußt schon sehr früh dafür bestimmt wurden. Sie hoben sich klar von den übrigen ab, sahen hübsch aus, waren gehorsam und nett, während ihre Schwestern und Brüder eher leicht zurückgeblieben wirkten, übellaunig und schluderig. Das Interessante an der Untersuchung aber war, daß, nachdem die Wahl dann endlich getroffen und die kritische Zeit vorüber war, die übrigen Kinder plötzlich ebenfalls aufblühten, ihren Rückstand aufholten und auch ihre Schlampigkeit ablegten. Ich meine, sie schienen sich auch physisch zu verändern.«

»Eine unbewußte Abwehrreaktion. Und die anderen verhielten sich den Erwartungen gemäß. Sie werden das auch weiterhin tun.«
»Aber mein Gott, Dorothy. Ich versuche doch nicht, meine Kinder in die Kirche zu bekommen.«
»Sei doch vernünftig. Sie sind wie alle anderen Teenager auch. Wie die Sache aussieht, kannst du glücklich sein, daß sie nicht irgendein irrer Guru einer Gehirnwäsche unterzogen und ihnen befohlen hat, ihre Familie zu verlassen. Nach der Geschichte mit diesem Jones scheint alles möglich zu sein. Und in ihrem Alter sind sie anfällig für religiöse Dinge. Mir ging es damals genauso.«
»Mach keine Witze«, sagte Estelle. »Du? Ich dachte, du wärst meine einzige wirklich vernünftige Freundin.«
»Ach, du weißt schon. All diese Gefühle von Heiligkeit und Schönheit und Liebe. Wie sonst könnte man sie erklären? Du blickst um dich und betrachtest die Männer und Frauen, die du siehst, und du denkst, daß das alles sicher nicht ausreicht, das ist dir alles viel zu alltäglich. Sagen wir, es war ein Anfall von Romantik. Teenager haben ein sehr ausgeprägtes Gefühl für Romantik.«
»Romantik, richtig. Das ist was anderes. Romanzen und Tragödien. Allerdings, heute, wo ich älter bin, interessieren mich Komödien am meisten. Sogar die internationale Lage. Mein Gott, was für ein Zirkus.«

»Das erinnert mich an Charlie und Stan«, sagte Dorothy. »Wie geht's den beiden? Wissen sie mittlerweile übereinander Bescheid?«

»Oh-ho. Die Vierundsechzig-Dollar-Frage. Ich glaube, Charlie weiß, daß es noch jemanden gibt, aber er hat keine Ahnung, wer es sein könnte. Übrigens dachte er das schon, als es noch gar nicht so war.«

»Und Stan?«

»Ach, der ist so eingebildet, daß ihm so was nie in den Sinn käme.«

»Sieht er so gut aus?«

»Habe ich dir sein Bild nicht gezeigt?«

»Darauf fand ich ihn nicht so besonders.«

»Live wirkt er besser, wie man so schön sagt.«

»Aber Charlie ist besser im Bett?«

»Eigentlich solltest du diese Dinge nicht so leicht erraten können. Aber laß uns von dir reden. Und von deinem neuen Liebhaber.«

»Also komm. Ich und ein Liebhaber? Das einzige, womit du mir helfen könntest, wäre eine Idee, wie ich mir Suzanne vom Hals schaffen kann.«

»Kommt sie mit ihren Kindern oder allein? Oder mit – wie heißt er noch?«

»Bruce. Nein, diesmal nicht. Nur Suzanne ganz allein. Mir wäre es fast lieber, wenn sie alle zusammen kämen. Sie streiten sich untereinander ständig so sehr, daß man selbst kaum etwas sagen muß, es reicht schon, dazusitzen und zuzuhören.

Und ich genieße es, Fred zu sehen, wie er anfängt, hysterisch zu werden, sich aber zu beherrschen versucht. Er mag sie alle genausowenig wie ich, nicht mal Suzanne. Was er natürlich nicht zugibt und weshalb er sie ständig auf mich abzuschieben versucht... Aber, um fair zu sein, Robin kam mir das letztemal gar nicht so schlimm vor. Auch wenn sie ein komisch aussehendes Mädchen ist.«

»Mit einem platten Flunderkopf wie ihre Mutter?«

»Nein, sie ist genau das Gegenteil. Kennst du den Charles-Addams-Cartoon von der Frau mit dem langen, strähnigen Haar? So ähnlich sieht Robin aus, aber anstelle des langen Kleides, das nach unten immer enger wird, trägt Robin normalerweise Hosen und Cowboystiefel. Sie sagt, sie möchte Choreographin werden. Sie sagt, sie hat eine Idee für eine ganze Ballett-Serie, die auf chemischen Vorgängen basiert, wie sie sich zwischen Molekülen abspielen, die miteinander in Austausch geraten, oder so ähnlich. Sie hat es mir aufgezeichnet. Es sah großartig aus. Wirklich. Aber sie wird nicht kommen. Nur Suzanne.«

»Die einzige Möglichkeit, sie tatsächlich loszuwerden, besteht darin, daß du dich aus dem Staub machst, sobald sie ankommt. Pack alles zusammen, und in dem Moment, in dem du sie zum Haus hochkommen siehst, marschierst du mit deinen Koffern aus der Tür.«

»Daran habe ich auch schon gedacht«, sagte Dorothy und seufzte.
»Fred könnte sie dir abnehmen, wenn er sich nur etwas bemühen würde.«
»Nun, ich verstehe ihn schon. Er kann sich nicht besonders um sie kümmern, wenn er den ganzen Tag arbeitet.«
»Arbeit. Sonst fällt ihnen nichts ein.«
»Ja, aber es stimmt.«
»Allerdings ist es keine wirkliche Arbeit, so wie bei uns.«
»Estelle, du bist unglaublich. Wir werden derartig ausgebeutet, daß wir unsere Nachmittage damit verbringen müssen, herumzusitzen und Kaffee zu trinken.«
»Noch eine Tasse?« sagte Estelle. Wie gewöhnlich gelang es ihr, Dorothys Proteste zu übergehen.
Sie sprachen über das Studio. Dorothy sagte, in ein paar Monaten werde sie Estelle vielleicht bitten, ihr einen Job zu besorgen. Dann würde Larry wieder in seine Heimat zurückgekehrt sein, und sie würde sich hüten, allein im Haus zu bleiben, durch die Zimmer zu streichen und darüber nachzugrübeln, wie alle sie verließen oder starben. Vor Jahren, als sie geglaubt hatte, sie sei nahe daran, wie ein Stein im Boden zu versinken, war es die Arbeit gewesen, die sie wieder zum Leben erweckt hatte. Damals hatte sie durch ihre Jobs auch noch andere Leute getroffen, die ihr womöglich geholfen hät-

ten, aber in ihrer Verfassung waren sie ihr nicht aufgefallen. Und mittlerweile hatten sie und Fred viele Freunde verloren und gingen fast nie mehr aus.
Als Dorothy aufstand, um sich wieder auf den Weg zu machen, sagte Estelle: »Vergiß nicht die Show. Ich hole dich ab. Wahrscheinlich wird es gerammelt voll sein und schon der reinste Kampf werden, auch nur einen Parkplatz zu bekommen.«
Sie verabredeten eine Zeit, und Dorothy dankte Estelle noch einmal für die Einladung am Samstag, aber sie sagte, da Fred nun mal nicht mitkommen wolle, würde sie selbst das Ganze auch am liebsten auf ein andermal verschieben. Unterwegs kam ihr die Idee, noch einen kurzen Abstecher zu machen, um ein paar Avocados zu besorgen.
Als sie schließlich zu Hause ankam, war Fred schon da. Er sagte: »Möglicherweise muß ich noch mal weg. Ich bin da an einem Geschäft dran.«
»Mit Art?«
»Genau«, sagte er, und zwar so schnell, daß sie wußte, es stimmte nicht.
»Bei Gelegenheit möchte ich mit dir über Suzanne sprechen und darüber, was wir mit unserem Urlaub anfangen wollen.«
»Okay, okay, nur jetzt nicht.«
»In Ordnung. Aber denk bitte daran, daß ich sie nicht hierhaben will, bevor nicht wir unseren Urlaub gemacht haben.«

»Jaja, ist in Ordnung.«
»Hörst du mir zu?«
»Erst wenn wir wieder zurück sind. Mr. Mendoza hat eine Nachricht wegen des Gartens hinterlassen. Wo warst du? Du bist ständig mit dem Wagen unterwegs. Kostet ja bald schon 'n Hunderter pro Minute, wenn der Benzinpreis noch weiter steigt.«
Dorothy nahm ein zerknittertes Stück Papier vom Tisch.
Sie betrachtete es, drehte es um und sagte: »Bist du dahintergekommen, was das bedeuten soll? Alles, was ich entziffern kann, ist ›Liebe Mess Jade‹. Dabei schreibt er gewöhnlich so deutlich. Er muß in Eile gewesen sein.«
»Nun?«
»Das ist alles. Es sei denn, das hier ist auch noch ein Wort und bedeutet Samstag.«
»Wo warst du heute nachmittag?«
»Was? Oh, bei Estelle«, antwortete Dorothy, wobei sie immer noch Mr. Mendozas Notiz anstarrte. »Im Ernst, kannst du mir nicht helfen?« Sie gab ihm den Zettel. Er nahm ihn, schenkte ihm aber keine Aufmerksamkeit. Statt dessen sah er sie an.
»Was ist?« fragte sie.
»Ich habe Estelle angerufen. Sie sagte, du seiest nicht da.«
»Natürlich war ich nicht da. Weil ich gerade gegangen war.«

»Du hast ziemlich lange gebraucht, um nach Hause zu kommen.«

»Ich bin noch einkaufen gewesen. Was soll das? Ruf doch Estelle an und frag sie, wann ich gekommen und wann ich wieder gegangen bin.«

»Was hast du gekauft?«

»Avocados«, sagte Dorothy. Sie drehte sich um, lief in die Küche, nahm die große braune Papiertüte und brachte sie ihm.

»Schon gut, ich glaube dir ja«, sagte er. Sie öffnete die Tüte, damit er sehen konnte, was darin war. Von einer Sekunde auf die andere verschwand der gewollt ironische, schauspielernde Ausdruck von seinem Gesicht. »Eine solche Tüte voll?« fragte er. »Du hast eine derartige Menge Avocados gekauft? Heiliger Himmel, da müssen ja wohl zwanzig oder mehr drin sein. Was um alles in der Welt willst du denn damit anfangen? Die werden wir niemals schaffen. Sie werden schlecht werden.«

»Nein, werden sie nicht. Ich esse sie.«

»Aber Dorothy, das ist verrückt.«

Dorothy faltete die Tüte oben wieder zusammen. Sie wurde energisch. »Das ist alles andere als verrückt«, widersprach sie. »Ich mache eine spezielle Avocadodiät. Man verliert etliche Pfunde im Handumdrehen, ohne sich eingeschränkt zu fühlen.«

»Aber sie machen ungeheuer fett.«

»Nicht, wenn du sie ißt, wie sie sind, und mit nichts anderem zusammen. Überhaupt ist es eine Frage der Ernährungsbalance. Hast du dich erst an die Diät gewöhnt, beginnen die Spurenelemente deine Fettzellen zu verbrennen, überall – oder so ähnlich.«
»Du könntest statt dessen auch Goldstaub kaufen. Zunächst einmal brauchst du gar keine Diät, und würdest du tatsächlich eine brauchen, dann wäre es völlig ausreichend, einfach weniger zu essen. Eine solche Tüte voll – ernsthaft, Dot, das ist verrückt. Sieht aus wie der Schatz der Azteken. Diese ganze Tüte voll.«
»Reg dich nicht auf. Du mußt ja keine davon essen, wenn du nicht willst.«
Das Telefon klingelte. Einen winzigen Moment lang drohte sich die Spannung zwischen ihnen zu entladen, dann griff Fred nach dem Hörer.
»Ja«, sagte er. »Ja. Nein, in einer halben Stunde. In Ordnung.«
Dorothy fragte sich, was geschehen wäre, hätte sie den Hörer aufgenommen, und nicht er. Ein noch kürzeres Gespräch: »Falsch verbunden.«
»Wann kommst du zurück?« fragte sie ihn.
»Noch vor Mitternacht, hoffe ich.«
»Ich möchte den Wagen«, sagte sie. »Hast du etwas dagegen?«
»Könntest du nicht einmal ...«
»Nein, ich muß einfach die Möglichkeit haben,

hier herauszukommen. Hat dir die Werkstatt eigentlich keinen Leihwagen angeboten?«

»Die Reparatur sollte ursprünglich nicht so lange dauern.«

»Oh, Fred, es dauert doch immer so lange. Alles an diesem Museumsstück muß schließlich von einem Fanatiker in Ordnung gebracht werden. Und jedesmal müssen sie erst das ganze Land absuchen, um den richtigen Experten zu finden, und dann wird jedes Ersatzteil eigens für deinen Wagen in Handarbeit neu hergestellt.«

Noch einmal nahm er den Hörer und rief ein Taxi. Dorothy hielt ihm Mr. Mendozas Zettel hin.

»Ich weiß nicht«, sagte er. »Das hier soll wohl ›Tomaten‹ bedeuten.«

»Die schreibt man aber doch nicht mit zwei ›M‹.«

»Mehr kann ich nicht entziffern.«

Das Taxi fuhr vor, der Fahrer sah aus wie ein elfjähriges Schulmädchen mit Bart. Er trug eine schwere Lederjacke und kam den Weg zur Haustür gemütlich heraufgeschlendert, nicht so gehetzt der Zeit hinterherrennend, wie es die meisten seiner Kollegen sonst taten. Fred verließ das Haus und ging zusammen mit dem Jungen hinunter zum Taxi. Dann drehte er sich noch einmal um, um Dorothy zuzuwinken. Auch sie hob ihre Hand. Das hatte er seit Jahren nicht mehr getan.

Sie ging zurück in die Küche, wo sie plötzlich nicht mehr wußte, was sie als nächstes hatte tun wollen, und so setzte sie sich an den Küchentisch. Ähnlich wie sie stellte er ihr all diese Fragen, fast so, als habe er einen Verdacht. Vielleicht tat er es aber auch, weil er sich selbst schuldig fühlte, oder sie sandte unbewußt das eine oder andere Signal aus, das ihm sagte, daß sie wieder eine Frau war, die begehrt wurde.

Sie machte einen großen Salat, den sie in die hawaiianische Holzschüssel gab. Dann bedeckte sie ihn mit Avocadoscheiben. In der Familie ihres Vaters hatten alle »Alligatorbirnen« zu den Avocados gesagt, aber das hatte sie Larry nicht erzählt. Sie dachte, das könnte ihn möglicherweise verletzen. Die sie heute gekauft hatte, waren weich und hatten nur eine dünne Schale, doch sie hatte auch schon andere gesehen, die wirklich wie die Haut eines Alligators aussahen: dunkelgrün und rubbelig, mit einer viel dickeren Schale. Das Innere war allerdings bei allen gleich.

Sie sah noch einmal kurz auf Mr. Mendozas Zettel. Wahrscheinlich hieß es doch Tomaten. Sie hatte nicht daran gedacht, daß heute sein Tag war, aber nächste Woche würde er wiederkommen.

Mit dem Salat und zwei Tellern ging sie hinüber zu Larry. Er hörte gerade ihren ausländischen Sender mit der klassischen Musik, schaltete das Radio aber aus, als sie mit dem Tablett ins Zimmer trat.

Beim Essen sagte er: »Ich habe ferngesehen, bevor er kam.«

»Etwas Schönes?«
»Einen alten Film, der ›Marie Antoinette‹ hieß.«
»Sie werden ihn wegen der Kleiderschau am Donnerstag gezeigt haben. Da sollen einige der Kostüme aus dem Film ausgestellt werden. Ich werd zusammen mit Estelle hingehen.«
»Das wäre interessant.«
»Ich wünschte, du könntest mitkommen.«
»Das würde die Sache sogar noch interessanter machen. Eben habe ich die Nachrichten und eins von diesen aktuellen Magazinen gesehen, und du kannst dir nicht vorstellen, was sie da alles über mich gesagt haben. Und in wie vielen Staaten ich gesehen worden bin. Das Monster hier, das Monster da. Warum nur erfinden die Leute solche Dinge? Niemand hat mich gesehen, und doch behaupten sie es und scheinen es sogar selbst zu glauben. Warum?«
»Das ist schwer zu erklären. Manche werden sich wichtig machen wollen. Manche haben irgend etwas Undeutliches gesehen, nur kurz, und sie haben keine Ahnung, was es war: ein Schatten hinter einem Baum oder sonstwas, aber sie übertreiben.«
»Nein, sie erfinden es. Ich frage nur, weil ich wissen möchte, ob es sich dabei um eine typisch menschliche Verhaltensweise handelt.«
»Ich weiß nicht, ob man das sagen kann. Zumindest ist es nicht ungewöhnlich. Allerdings glaube

ich, daß es ziemlich von den jeweiligen Umständen abhängt.«
»Eines weiß ich. Wenn sie mich jetzt fangen, bringen sie mich um. Diese Leute in den Nachrichten versuchen den Zuschauern angst zu machen, sie wollen, daß sie mich hassen. Sie empfinden nichts als Abscheu. Sie hören nicht auf, von fremdartiger Intelligenz und animalischen Instinkten zu sprechen.«
»Sie werden dich nicht bekommen. Solange du vorsichtig bist.«
»Sie müssen nahe an mich ran, wollen sie mich wieder zu fassen bekommen. Das letzte Mal haben sie mit einem Pfeil auf mich geschossen, während einer mit mir sprach. Mit einem kleinen Pfeil mit einem Betäubungsmittel. Aber wenn jetzt noch einmal einer versucht, mir so nahezukommen, pack ich ihn und halt ihn vor mich hin. Und danach bringe ich ihn um, damit er niemandem erzählen kann, wo ich lebe.«
»Tu das nicht. Schlag ihn bewußtlos, und wir knebeln ihn und halten ihn hier so lange fest, bis du nach Hause kannst. Dann lassen wir ihn gehen.«
»Vielleicht wäre es keine schlechte Idee, eine Geisel zu haben, wenn wir durch Mexiko fahren.«
»Das wäre den Aufwand nicht wert. Wir müßten ständig ein Auge auf ihn haben. Im übrigen finde ich es abscheulich, Geiseln zu nehmen. Es ist so feige. Genau wie das, was sie dir angetan haben.«

»Wenn, dann sollten wir ein Baby als Geisel nehmen. Niemand würde versuchen, mit Pfeilen auf uns zu schießen, wenn wir es an den Füßen vor uns hinhalten würden.«
Dorothy legte die Gabel auf ihren Teller und hielt sich die Hände vors Gesicht. Sie erzählte ihm erneut von ihren beiden Kindern, dieses Mal genauer, als sie es bereits getan hatte. Sie fing an zu weinen. Er legte den Arm um sie und drückte sie fest an sich, und sprach sehr sanft zu ihr.
»Es ist nicht so, daß ich sie nicht mag«, sagte er. »Ich würde sehr gern einmal eins sehen. Nicht nur im Fernsehen. Das wäre interessant. Kannst du mir nicht eins mitbringen, damit ich es mir anschauen kann?«
»Larry, Liebling«, sagte sie ihm, »sie sind nicht einfach so an jeder Straßenecke zu haben. Babys gehören Leuten. Sie werden höchstens mal allein gelassen, wenn ihre Mütter so sehr mit Einkaufstaschen beladen sind, daß sie den Wagen mit dem Baby kurz wo abstellen müssen – meist allerdings nur für Sekunden. Sonst habe ich nie davon gehört, daß ein Baby gestohlen worden wäre.«
»Sie werden also gestohlen? Und wieso?«
»Einsame Frauen. Ich habe früher selbst von Zeit zu Zeit daran gedacht. Einige Monate lang. Ich habe sie draußen vor den Supermärkten stehen sehen und gedacht: Sieh nur, wie gleichgültig du ihr bist – du solltest besser bei mir bleiben, ich würde

dich nirgends ungeschützt zurücklassen und mich nicht um dich kümmern.«

»Wir könnten eines ausleihen.«

»Sie schreien. Und wir müßten es zurückgeben.«

»Wir könnten es einfach gehen lassen. Es würde schon nach Hause finden.«

»Babys sind nicht wie Tierkinder. Sie sind vollkommen hilflos.«

»Alle? Wie eigenartig.«

»Sie entwickeln sich sehr langsam, und fast alles, was sie nach und nach beherrrschen, muß ihnen extra beigebracht werden. Wenn man nicht weiß, wie man das macht, oder wenn man sich nicht darum kümmert, kommen sie nie dahinter.«

Dorothy räumte den Tisch ab und holte Kaffee.

»Wo du herkommst, wird da immer nur ein Baby geboren oder gleich mehrere auf einmal?«

»Beides. Es kommt ganz darauf an. Mal so, mal so.«

»Bei uns ist es das gleiche. Es können zwei, drei, vier oder auch fünf sein, aber im allgemeinen ist es nur eines. Je mehr, desto ungewöhnlicher. Allerdings bin ich sicher, daß es einmal umgekehrt war. Vor langer, langer Zeit.«

»Glaubst du, daß wir beide, du und ich ... «

»Gerade heute nachmittag habe ich darüber nachgedacht. Es wäre wunderbar, wenn es passierte.«

»Bist du sicher? Es könnte gefährlich für dich sein. Und sicher würden sie jedes Kind von mir, auch wenn du die Mutter bist, ein Monster nennen, oder?«

»Geboren auf amerikanischer Erde, von einer amerikanischen Mutter – so ein Kind könnte Präsident werden. Es würde ein Amerikaner sein. Und ich bin verheiratet, also wäre es ehelich. Und nachdem ich die Geschichte den Zeitungen verkauft hätte, würde es dazu auch noch reich sein. Es ist erstaunlich, wie wenig die Leute darum geben, was man von ihnen hält, solange sie nur genug Geld haben.«

»Eine Mischung zwischen den Arten soll aber doch zu unfruchtbarem Nachwuchs führen?«

»Maultiere sind das einzige Beispiel, das ich kenne, bei dem es so ist. Aber schon bei den Pflanzen, soweit ich weiß, ist es anders. Ich werde nachsehen. Du und ich, wir sind uns so ähnlich, daß ich nicht einmal sicher bin, ob man bei uns überhaupt von verschiedenen Arten sprechen kann. Möglicherweise gehören wir zu unterschiedlichen Entwicklungslinien derselben Spezies.«

»Im Institut meinten sie, ich sei von einer anderen Art. Sogar Professor Dexter hat es gesagt. Also können wir uns vielleicht gar nicht miteinander vermischen.«

»Das wundert mich nicht. Sie mochten dich nicht und haben dich schändlich behandelt. Sie werden eine Entschuldigung gebraucht haben. Jahrhundertelang haben die Leute gesagt, Frauen hätten keine Seelen. Und noch heute scheinen die meisten daran zu glauben. Das ist genau dasselbe.«

»Von den Seelen habe ich gehört. Professor Dexter war sehr an ihnen interessiert. Er sagte, sie seien der Grund dafür, daß er sich dazu entschlossen habe, in die Wissenschaft zu gehen.«

»Vor langer Zeit habe ich ein Mädchen kennengelernt«, sagte Dorothy, »das als Baby von einem Affen gestohlen worden war. Alles in allem war sie ziemlich langweilig, doch diese Entführung war ihr großes Erlebnis, auch wenn sie, als es passierte, noch nicht alt genug war, um überhaupt zu bemerken, was da mit ihr vorging. Ihre Mutter lag mit ihr in einem Krankenhaus in Afrika. Sie war gerade geboren worden, und das Fenster war geöffnet. Vor dem Fenster stand ein großer Baum voller Affen, die auf den Ästen herumkletterten. Plötzlich kam einer der Affen durch das Fenster ins Zimmer, nahm das Baby und war auch schon wieder draußen im Baum. Er setzte sich auf einen Ast, wiegte das Baby in seinen Armen und sah herunter zu den Frauen, die in ihren Betten lagen und schrien. Ihre Mutter war natürlich völlig außer sich vor Verzweiflung. Ich habe nie erfahren, wie sie es geschafft haben, sie zurückzubekommen.«

»Hatten sie Angst, daß der Affe sie mitnehmen und wie ein Affenkind aufziehen würde?«

»Wahrscheinlich fürchteten sie, er werde sie fallen lassen. Affenbabys klammern sich ganz automatisch an das Fell ihrer Mutter. Der Affe hätte sich das Baby ja auf den Nacken setzen und mit ihm auf einen anderen Ast springen können, in der Annahme, das Baby werde sich schon festhalten. Wie auch immer, irgendwie müssen sie das Mädchen zurückbekommen haben, schließlich war sie da und konnte ihre Geschichte erzählen. Sie hat sie mir persönlich erzählt, ich hatte es schon fast vergessen. Sie schien die Sache für äußerst erstaunlich zu halten, was zeigt, daß sie davon überzeugt war, etwas weit Besseres zu sein als ein Affe. Doch wer könnte das wirklich beurteilen? In ihren Augen, natürlich, aber das beweist rein gar nichts, es sei denn für ihr eigenes Selbst. Ähnlich ist es zu sagen, bestimmte Menschen hätten keine Seele, wobei es letztlich nur bedeutet, daß man nicht an ihnen interessiert ist.«

Sie gingen zusammen schwimmen und liebten sich am Strand. Dorothy fühlte sich wie ein Teenager. Damals, als ihre Hoffnung, ihre Jugend und ihre Abenteuerlust sie verlassen hatten, hatte sie sich um jene frühen Jahre betrogen gefühlt, die ereignislos vorübergegangen waren, auch wenn es an Gelegenheiten nicht gemangelt hatte. Später erst wurde ihr bewußt, daß sie womöglich selbst die Dinge hätte in Gang bringen können, hätte sie es nur versucht. Aber all das war jetzt unwichtig. Endlich lebte sie.

Sie trockneten sich ab, fuhren eine Weile spazieren

und liefen dann barfuß durch einige ihrer Lieblingsgärten. Dorothy war weit weniger nervös als bei ihrem ersten Ausflug, doch noch immer empfand sie die Nähe drohender Gefahr und eine Erregtheit, die sie zu genießen begann. Sie hüpfte und tanzte hinter Larry her, den seine langen Beine mit großen Schritten die Blumenbeete entlang trugen. Ihre Nervenenden zuckten vor Freude.

Hinten in einem der Gärten fanden sie einen Goldfischteich. Auf dem Grundstück gleich daneben erhob sich ein Bambushain, in dessen Mitte verschiedene Gartenmöbel standen. Dorothy streckte sich auf den weichen Kissen eines Sofas aus. Larry setzte sich zu ihren Füßen auf den Boden. Sie sah hinauf zu den Sternen. Es war eine warme Nacht.

»Ich kann mir nicht vorstellen, wie sie all die Sachen ins Haus schaffen, wenn es regnet«, sagte sie.

»Vielleicht nehmen sie nur die Kissen und lassen die Gestelle naß werden.«

Larry fragte sie Dinge über die Sterne, aber sie wußte nicht viel darüber. Er hatte im Fernsehen eine Sendung über Astronomie gesehen. Lange Zeit sahen sie beide schweigend in die Nacht. Eine leichte Brise kam auf und raschelte im Bambus.

Er sagte: »Sie sind wirklich da oben, oder? Das sind nicht bloß Bilder?«

»Natürlich nicht.«

»Wie kannst du sicher sein? Das ist etwas, das mir schwer verständlich vorkommt: So viele Dinge

sind nur Bilder; du betrachtest sie, aber was du siehst, ist etwas Wirkliches – und dabei ist es doch nur ein Bild.«
»Nun, ich kann nicht beweisen, daß es sie wirklich gibt. Sie sind so weit entfernt, daß es Millionen und Abermillionen von Jahren dauern würde, um zu ihnen zu gelangen.«
»Vielleicht auch nicht. Vielleicht sieht es nur so aus. Sie könnten eine einfache Reflexion sein.«
»Ich weiß nicht genug darüber, um es erklären zu können. Da müßtest du dich mit einem Astronomen unterhalten. Haben sie im Fernsehen nichts dazu gesagt?«
»Und wenn sie lügen?«
»Warum?«
»Sie lügen bei so vielen Dingen. Denk an die Cornflakes.« Es waren Freds Cornflakes gewesen, der sie manchmal gern zum Frühstück aß. Larry hatte sich übergeben müssen, und als Dorothy den Boden aufwischte, hatte er ein Stück von der Schachtel probiert und gesagt, sie schmecke weit besser als ihr Inhalt.
Sie lachte. Sie umarmten sich, und er fragte: »Tust du das auch mit Fred?«
»Schon seit langer Zeit nicht mehr. Seit fast zwei Jahren. Davor ja, aber dann fingen die ganzen Geschichten an. Du weißt schon, ich hab dir davon erzählt. Und nach einer Weile war alles anders.«

5

Am nächsten Morgen stand Larry gerade im Wohnzimmer und sah zu, wie Dorothy den Teppich saugte und dabei von Zeit zu Zeit mit der Düse einen Bogen beschrieb, als es an der Tür klingelte.

Dorothy schaltete den Staubsauger aus und hob den Kopf. Plötzlich erinnerte sie sich.

»Mr. Mendoza. Schnell, geh zurück in dein Zimmer und schließ die Tür ab.«

Larry floh mit großen, leichtfüßigen Sätzen in Richtung Küche. Dorothy wartete noch ein paar Sekunden, dann öffnete sie die Tür.

Mr. Mendoza stand auf dem Weg zur Straße und sah zur Seite, ganz so, als sei er unschlüssig, ob er noch einmal klingeln oder unverrichteter Dinge wieder gehen solle. Dorothy lächelte.

»Vielen Dank für ihre Nachricht. Es tut mir leid, daß ich nicht da war. Sollen wir jetzt gleich die Liste durchgehen?«

Mr. Mendoza erwiderte ihr Lächeln und neigte kurz seinen Kopf. Er war ein ruhiger, reizender Mann, bedächtig in seinen Bewegungen und mit einem Gesicht, das eine entspannte Zuverlässigkeit ausstrahlte. Dorothy hatte ihn sofort gemocht. Ein Jahr, nachdem Bingo überfahren worden war, hatte er angefangen, für sie zu arbeiten, und es hatte ihr geholfen, jemanden um sich zu haben, ohne daß von ihr erwartet wurde, sich über irgendwelche Belanglosigkeiten zu unterhalten oder auf irgendwelche Fragen zu antworten. Es war immer noch so. Sie wußte wenig über seine Familie, und wenn sie miteinander sprachen, ging es gewöhnlich um Pflanzen und Blumen. Nach wie vor redeten sie sich mit ihren Nachnamen an, wie die Leute zu Zeiten ihrer Großmutter. Irgendwann, als sie schon daran gedacht hatte, ihm vorzuschlagen, weniger formell miteinander umzugehen, hatte sie festgestellt, daß er diese Anredeweise für einen Ausdruck gegenseitigen Respekts hielt.

Mr. Mendoza deutete auf die hintere Seite des Gartens, bis hin zum Zaun. Er berührte die Krempe seines Hutes und sagte etwas über die Gefahren von Insektiziden. Dorothy nickte. Einer der Gründe dafür, daß Mr. Mendoza ihr so gut gefiel, war darin zu sehen, daß er über seine Ehrlichkeit, seine Nüchternheit, seinen Fleiß und seine Pünktlichkeit hinaus so wenig wie möglich mit chemischen Mitteln arbeitete. Und einer der Gründe, warum er Dorothy treu blieb, während mehr als genug andere Leute förmlich nach seinen Fachkenntnissen und seiner Hilfe schrien und ihn wahrscheinlich mit fürstlicher Entlohnung zu locken suchten, bestand darin, daß sie ihm zuhörte, daß sie sich für das, was er sagte, interessierte, sich seinem Urteil unterwarf und ihn über Dinge nach seiner Meinung fragte, die sie gelesen oder gehört hatte. Und sie vergaß auch nicht, was er ihr einmal erklärt hatte. Sie war mittlerweile selbst eine gute Gärtnerin, weil er ihr Lehrer war.

Sie sprachen über verschiedene Gemüsearten und den Kompost. Dorothy fragte, ob er nicht auf eine Tasse Kaffee mit hereinkommen wolle, doch er entschuldigte sich und bedauerte, daß er noch hinüber zu Mrs. Henderson müsse. Sie sagte, sie verstehe sein Bedauern: vor nicht allzulanger Zeit habe sie Mrs. Henderson selbst einmal getroffen. Mr. Mendoza lachte leise in sich hinein. Auf dem Weg hinunter zur Straße hob er die Hand zu einem angedeuteten Gruß.

Sie sah nach Larry, zusammen saugten sie die noch verbliebenen Zimmer und sahen sich dann eine Sendung im Fernsehen an. Er mochte es, wenn sie bei ihm war und ihm erklären konnte, was er nicht verstand. An manchen Tagen, wenn sie vom Einkaufen zurück nach Hause kam, wollten seine Fragen kein Ende nehmen. Die einzige Unterhaltungssendung, die ihm noch mehr gefiel als Nachrichten und Magazine, war eine Show mit lauter Puppen. Dorothys Lieblingspuppe war die wilde mit den riesigen Zähnen, seine der Saxophonspieler.

Einmal war sie nach Hause gekommen, als er gerade jemanden nachmachte. »Was soll das sein?« fragte er sie, aber sie verstand nichts von dem, was er da vollführte: in die Luft schlagen, herumschleichen, horchen, kämpfen, zucken – alles auf einmal. Er wußte ihr nicht zu sagen, was es darstellen sollte. Es war das erstemal, daß sie ihm eine Frage nicht beantworten konnte, seit sie mit ihren Erklärungen zu Industrie und Fortschritt Schiffbruch erlitten hatte. Angefangen hatte sie mit der Einführung von Ackerbau und Viehzucht, war dann zur Industrialisierung und der Ausbeutung der Frau übergegangen, hatte die Tatsache hervorgehoben, daß all diese Entwicklungen ihren Ursprung in der Familie genommen hatten und deshalb alles so hatte kommen müssen, wie es gekommen war, daß aber schließlich Roboter und Maschinen die Menschen von der Arbeit befreien und ihnen ein Leben voller Freizeit bescheren würden, in dem jeder seine eigene Persönlichkeit entwickeln könne. Aber bevor sie zu diesem letzten Punkt gelangt war, hatte sie den Faden verloren. Ein Freund von Estelle hatte ihr das alles einmal aufgezeichnet, und es hatte sich so einfach angehört, doch jetzt konnte sie sich nicht mehr daran erinnern, wie die Sache zusammengepaßt hatte. Sogar das, was sie noch wußte, schien ihr keinen rechten Sinn mehr machen zu wollen. Kurz, sie war völlig durcheinandergeraten und hatte rein

gar nichts mehr erklären können. Verwirrt hatte sie ihren Redefluß unterbrochen und nur noch hinzugefügt: »Aber was die Menschen wirklich wollen ist, glücklich zu sein.«
Sie trank einen Kaffee und machte Larry ein frühes Mittagessen. Als sie sich die Hände mit einem Küchentuch abtrocknete, klingelte das Telefon. Estelle war am anderen Ende und erzählte, ohne auch nur einmal Luft zu holen, daß Sandra ihren Wagen habe und sie jetzt ohne sei und ob Dorothy statt dessen mit ihrem kommen könne?
»Aber sicher. Bis später«, sagte Dorothy und legte auf. Sie erzählte ihm von Estelle und sagte, sie sei die einzige, von der sie wünschte, daß Larry sie kennenlernen könnte, aber das Risiko wolle sie nicht eingehen.
»Besser nicht«, stimmte er ihr zu, während er eine Avocado in Scheiben schnitt und sie in die Salatschüssel gab. »Wir brauchen noch ein paar mehr von diesen hier.«
Auf dem Weg zu Estelle kaufte sie erneut eine große Tüte voll. Der Mann im Lebensmittelgeschäft fragte: »Steigt wohl 'ne Party?«, und sie nickte. Dazu kam, daß sie nicht billig waren. Nicht mehr lange, und Larrys Anwesenheit würde sich auf den Lebensmittelrechnungen bemerkbar machen. Vielleicht, wenn sie und Larry nicht ohne jede Umschweife ein Verhältnis miteinander angefangen hätten, würde sie jetzt einen Verbündeten

haben. Im Grunde wäre es nur natürlich gewesen, Fred um Hilfe zu bitten. Möglicherweise hätte sie Fred von Larry erzählen können. Sie dachte darüber nach und kam zu dem Schluß, daß es auch jetzt noch nicht unbedingt zu spät dazu war.

Estelle kam ungeheuer herausgeputzt an die Tür.

»Estelle!« sagte Dorothy. »Soll das Publikum gefilmt werden?«

»Das stützt mein Ego, Liebstes. Laß uns gleich losfahren. Tut mir leid, daß es soviel Hin und Her gegeben hat. Ich fürchte, wir werden auf meinen Wagen heute ganz verzichten müssen. Sandra ist wirklich unmöglich, so oft wie sie ihn in letzter Zeit braucht.«

»Was ist mit Stan und Charlie – glaubst du, sie kommen auch?«

»Wenn's um Sportwagen ginge, vielleicht. Nicht bei Kleidern.«

Die Luft wurde langsam wärmer. Es würde der reinste Sommertag werden. Estelle setzte zum Schutz vor dem grellen Licht eine dunkle Brille auf. Dorothy summte beim Fahren.

Der Parkplatz draußen bei den Studios war bereits ziemlich voll, obwohl sie sehr früh dran waren, aber drinnen konnte man sich noch gut bewegen. Dorothy sah sich die Leute an, mehr Frauen als Männer, die in kleinen Grüppchen von einer der großen Vitrinen zur nächsten schlenderten. So kam es, daß sich ihre Aufmerksamkeit nicht wirklich auf die Kleider in den Vitrinen richtete, bis sich plötzlich eines in unerwarteter Größe vor ihr aufzubauen schien. Wie ein exotisches Tier, noch spektakulärer als ein Pfau, erhob es sich herrschaftlich in der Sicherheit seines gläsernen Käfigs, gleichsam auf der Stelle tretend, und präsentierte sich ihr. Es war in Stufen geschnitten, voller kunstvoll arrangierter Spitzen, mit einem seidenweichen Faltenwurf, glitzerte über und über und schien ganz und gar aus purem Gold zu sein. Getragen wurde es, wohl um ihm die richtige Form zu geben, von einer weißen Porzellanpuppe mit weiblichen Konturen. Doch die Puppe war nichts, das Kleid war alles. Man hatte ihr nicht einmal ein Gesicht auf das blanke Porzellan gemalt, sondern lediglich eine gepuderte Perücke oben auf den Kopf gesetzt.

»Kein Wunder, daß es bei denen da drüben eine Revolution gegeben hat, was?« sagte Estelle. »Was so ein Kleid wert sein muß. Und das hier ist bloß eine Kopie.«

»Es muß vielen Menschen Arbeit gegeben haben.«

»Ich bitte dich. Würdest du nicht lieber die sein, die es trägt, als die, die es nähen muß?«

»Oh, natürlich. So habe ich es nicht gemeint. Jedenfalls habe ich irgendwo gelesen, daß so eine Kopie fast genausoviel kostet, wie es das Original heute tun würde. Sind sie nicht alle ganz und gar unglaublich? Man bekommt eine ganz andere Vorstellung davon, wozu Kleidung eigentlich da sein sollte. Als würde man in einem eigenen kleinen Seidenhaus umherlaufen.«

»Unterhalb der Taille hört der Körper auf, das war der Gedanke. Die Frauen damals waren so reine Wesen. Bis hoch zu den Hüften waren sie nichts als eine Flut von Brokat. Und Unterwäsche trugen sie auch keine.«

»Das muß kalt gewesen sein. Besonders, wo es noch keine Zentralheizung gab. Aber im Winter müssen sie doch was druntergehabt haben.«

»Ich könnte mir nicht vorstellen, in einer anderen Zeit zu leben«, sagte Estelle. »Nicht in der Zukunft und sicher nicht in der Vergangenheit. Könntest du es?«

»Weißt du, was man sich noch schwerer vorstellen kann?« sagte Dorothy und dachte dabei an Larry. »Was glaubst du, wie es wäre, in einer anderen Welt zu leben?«

»So wie Bel-Air, meinst du?«

»Nein, nicht hier auf der Erde. In einer anderen Welt.«

»In der Zukunft?«

»Egal wann. Wie Science-fiction. Wo die Leute zwar ähnlich aussehen wie du, aber doch anders.«

Estelle lachte. »Kleine grüne Männchen?«

»Große grüne Menschen«, sagte Dorothy. Ihr Blick fiel auf zwei andere Kleider in einer der Vitrinen: eines weiß, fast wie eine Hochzeitstorte, das andere schwarz. Plötzlich dachte sie an die Zeiten, in denen vornehme Männer und Frauen in solchen Kleidern zusammengekommen waren, um Menuette zu tanzen, und wie Larry in so einer Gesellschaft wohl aussehen würde: groß, dunkelgrün und stattlich, sich vor einer Frau in einem vielschichtigen Kleid verbeugend und mit kräftigen, springenden Schritten dem Tanz folgend.

»Mein Gott«, wisperte Estelle, »da drüben ist Charlie. Und sieh nur, was er dabeihat. Einen roten Lockenkopf von höchstens sechzehn.«

»Wo?«

Estelle zeigte Dorothy, wo sie das Pärchen entdeckt hatte, und zog sie mit sich hinter das schwarze Kleid. Charlie und das Mädchen wandten den beiden Frauen den Rücken zu und entfernten sich langsam.

Dorothy sagte: »Ich glaube, sie sind auf dem Weg in Richtung Ausgang.«

»Der Bastard.«

»Woher weißt du so genau Bescheid? Vielleicht ist sie seine Tochter.«

»Wie viele Mädchen wie das da drüben kennst du, die in aller Öffentlichkeit mit ihren Vätern Händchen halten und sie mit verdrehten Augen anstarren?«

»Wahrscheinlich hast du recht.«

»Ich wette, er hat ihr erzählt, er sei Produzent. Es

würde mich nicht wundern. Es wundert mich bei keinem von ihnen.«

»Aber jetzt hindert dich nichts mehr dran, es genauso zu machen. Nimm's dir nicht zu Herzen. Es tut mir leid, Estelle. Ist nicht gerade angenehm, nicht wahr?«

Sie gingen zu einem grauen Gewand voller glitzernder Edelsteine.

»Nun, es ist wie ein Schlag ins Gesicht«, sagte Estelle. »Wenn ich mich nur auch so herumgetrieben hätte, als ich noch jung war.«

»Dann wärst du an impotente Fünfziger geraten, die letztlich nichts anderes wollen, als ihre Frauen zurückzugewinnen, und die dich dazu benutzt hätten. Während der Zeit in der High-School hattest du doch genügend Abwechslung.«

»All die verschwendete Zeit! Und am meisten bedaure ich, daß keiner, aber auch kein einziger von den Typen, die ich abgekriegt habe, so aussah, du weißt schon, wie eine griechische Statue.«

»Die griechischen Schönlinge werden zu sehr damit beschäftigt gewesen sein, mit anderen Boys auszugehen, als daß sie dich hätten bemerken können.«

»So ähnlich. Gewöhnlich mußten sie immer gerade Football spielen oder sich besaufen. Wir haben sie eigentlich alle wenig gekümmert.«

»Sieh dir das an.« Dorothy war vor einem bestickten Jackett stehengeblieben. »Ich dachte, hier gäbe es nur Kleider.«

»Nein, alle Kostüme. Ich frage mich, ob sie einige davon verkaufen wollen, wie letzten Monat.«

»Denkst du daran, dir eins zu kaufen?«

»Mmmh.« Estelle ging zu einer Vitrine, die wieder ein weißes Kleid enthielt. Es war gesprenkelt mit schimmernden kleinen Punkten, die blitzenden Edelsteinsplittern glichen. Im letzten Monat waren bei den Verkäufen aus dem Fundus des Studios Abendkleider zu haben gewesen, die aus den Dreißigern und Vierzigern stammten und die man durchaus auch heute noch tragen konnte, aber die hier – sogar auf einem Kostümfest würden sie aus dem Rahmen fallen.

»Estelle, das meinst du doch nicht ernst?«

»Wäre es nicht eine Wahnsinnsgeschichte, wenn einem das gehörte?«

»Aber wann würdest du es tragen? In der Küche, während du eine Dose mit Katzenfutter aufmachst?«

»Dotty, manchmal bist du wirklich unromantisch. Ich kann dich nicht verstehen. Wenn wir alle nur Dinge hätten, die wir wirklich brauchen können! Du hast einfach kein Gefühl für das Wesen von Sehnsüchten.«

»Doch«, sagte Dorothy. »Mittlerweile schon. Aber das meine ich nicht. Ich überlege mir nur, wie du wohl aussähst, wenn du mit einem Kleid von derartigen Ausmaßen irgendwo sitzen würdest, um ein Sandwich zu essen. Allein schon, wie wür-

dest du es überhaupt schaffen, dich hinzusetzen?«
»Langsam«, sagte Estelle. »Laß uns mal sehen, was es zu essen gibt.«
Sie hatten gerade beide ihr zweites Miniatursandwich beendet, dazu eine Tasse Kaffee getrunken und waren im Begriff, noch einmal zum Buffet hinüberzugehen, als ein Mann, der in die entgegengesetzte Richtung wollte, vor ihnen auftauchte und sagte: »Hallo, Estelle.«
»Oh, hallo«, antwortete sie. Die beiden gingen aneinander vorbei. Als Dorothy am Buffet ankam, drehte sich Estelle um und sah ihm nach. »Laß uns gehen«, sagte sie.
»Magst du die Sandwiches nicht?«
»Oh, natürlich.« Estelle nahm verschiedene kleine Sandwiches, wickelte sie in eine Papierserviette und bewegte sich in Richtung Ausgang. »Das war Stan«, sagte sie.
»Oh. Er sieht gut aus.«
»Genau wie die Frau, mit der er zusammen ist. Jesus, beide am selben Nachmittag. Ist denn in der Stadt nicht anderes los, daß sie die beiden hierherschleppen müssen?«
Dann saßen sie wieder im Wagen, und als sie den Zündschlüssel herumdrehte, sagte Dorothy: »Aber sie wissen immer noch nicht wirklich übereinander Bescheid, oder? Und egal, ob du dich deswegen tatsächlich jemals schuldig gefühlt hast,

damit ist es jetzt auf jeden Fall vorbei. Im übrigen weißt du gar nicht, was für ein Verhältnis sie mit diesen Frauen haben.«

»Ha!«

»Wie es auch sein mag, sie gehen immer noch mit dir aus. Und das würden sie nicht, wenn sie dich nicht gern hätten.«

»Vielleicht bin ich für sie nur Dienstag oder Freitag – wie ein Handtuch, das man wechselt, oder eine von diesen Unterhosen mit aufgenähtem Wochentag.«

»Gibt's die wirklich?«

»In der Schule kannte ich ein Mädchen, das welche hatte.«

»Wie bist du dahintergekommen?«

»Sie hat's mir erzählt. Um die Wahrheit zu sagen, sie hat sie mir gezeigt. Ich war wahnsinnig beeindruckt. Sie sagte, die Schrift sei für jeden Tag in einer anderen Farbe. Sie hatte sie zum Geburtstag bekommen.«

Dorothy war glücklich, als sie unter einem blauen Himmel den Highway entlangfuhr. Sie dachte an Larry und summte wieder.

»Ich fühl mich ziemlich furchtbar«, sagte Estelle. Zu Hause bei Estelle tranken sie Kaffee. Dorothy versuchte sie zu trösten, doch Estelle war mehr daran interessiert, einen Racheplan zu entwerfen.

»Ich nehme an«, sagte Dorothy, ohne weiter darüber nachzudenken, »du könntest jemand über die

Schauspielervermittlungszentrale engagieren und so tun, als sei er dein Neuer.«

»Das ist eine Idee.«

»Ich mach doch nur Spaß. Und würdest du sie damit nicht vertreiben?«

»Das glaub ich nicht. Ich hab dir doch schon erzählt, daß sie unbedingt heiraten wollen. Ha! Mich heiraten wollen, aber mit ihren reizenden kleinen Freundinnen in der Gegend herumziehen.«

Dorothy schnalzte mit der Zunge und schüttelte den Kopf. Sie fixierte Estelle über den Rand ihrer Kaffeetasse hinweg und sagte, andererseits habe ja auch sie, Estelle, die beiden von Anfang an hintergangen, oder etwa nicht?

»Oh, das ist was anderes.«

»Oh, soso. Was ist da anders?«

»Das war nur eine Art Versicherung, sonst nichts. Für den Fall, daß mich einer von ihnen verläßt. Schließlich war ich nicht diejenige, die immerzu von Heirat geredet hat. Das ist es doch, was die Geschichte so schrecklich macht. Sie brauchen jemand, der ihnen tagein, tagaus die Plackerei im Haushalt abnimmt und von Zeit zu Zeit einspringt, wenn die schicke Freundin was Besseres vorhat.«

»Vielleicht würdest du dich besser fühlen, wenn du für eine Weile noch einen dritten fändest.«

»Vielleicht würde ich mich besser fühlen, wenn ich mir jetzt einen Drink genehmigte. Für dich auch einen?«

»Nein, danke.«
»Ich glaube immer noch, deine Idee, bei der Schauspielervermittlung anzurufen, ist ziemlich gut.«
»Und wenn du dann noch eins von diesen Kleidern hättest, könntest du ihn wahrscheinlich darunter verstecken. Waren die nicht völlig verrückt? Es wäre so, als würde man in eine andere Persönlichkeit schlüpfen, mit solch einem Kleid.«
»Ich glaube, ich würde nicht noch mehr Persönlichkeit vertragen. Vielleicht sollte ich mir das Kleid aus dem Kopf schlagen. Es würde sowieso nur mit der richtigen Frisur gut aussehen. Da braucht man so eine gepuderte Perücke.«
»Die waren wirklich hübsch und sahen auch nicht so steif aus, wie man sie immer auf Bildern sieht. Aber schon der Gedanke, daß mir so ein Ding den Kopf einschnürt, ist für mich nicht auszuhalten. Ich weiß nicht, wie Schauspielerinnen und Tänzerinnen ständig so was tragen können.«
»Nimm auch ein Glas, Dorothy. Laß mich nicht alleine trinken.«
»Damit es zwei gibt, die betrunken sind, und nicht nur einen?«
»Wer hat denn was von betrinken gesagt? Nur ein paar ...«
Dorothy stand auf. »Estelle«, sagte sie, »du brauchst den Alkohol nicht. Du brauchst ihn wirklich nicht.«

Estelle seufzte. Sie stellte die Flasche zurück in den Schrank. Dorothy nahm ihre Autoschlüssel und die Handtasche. Sie gingen zur Tür.
»In fünf Jahren lachst du darüber«, sagte Dorothy.
»Sicher. Aber nicht heute.«
»Frag dich einfach, ob du sie auch weiterhin treffen willst oder nicht. Und dann verhalte dich dementsprechend. Okay?«
»Danke, Dotty.«
»Jederzeit. Danke für die Kleiderschau. Willst du eigentlich immer noch zu dieser Matinee?«
»Ich weiß nicht. Möglicherweise muß ich auch mit Sandra zu einem Vorstellungsgespräch. Allerdings ist noch nicht raus, wann das sein wird. Ruf mich an.«
Auf dem Weg zur Hauptstraße änderte Dorothy die Richtung. Sie fuhr zurück in die Stadt zum Museumspark, stellte den Wagen ab und machte einen Spaziergang, betrachtete Bäume und Blumen. Zwei alte Frauen in Rollstühlen wurden von uniformierten Schwestern den Weg entlang geschoben. Wie ich eines Tages, dachte Dorothy. Und in der Zeit bis dahin gibt es nichts, was man tun könnte, um etwas daran zu ändern, es sei denn, vorher zu sterben. Aber der Park bereitete ihr Freude. Besonders das Gras war geradezu luxuriös grün und gepflegt. Sie fragte sich, ob Larry wohl gerne herkäme. Es gab keinen Zaun, was bedeutete, daß sie einfach hereinkommen könnten, aber

auch, daß es für andere Leute genauso leicht war. Sie könnten mit einer Bande biertrinkender Halbstarker mit Klappmessern aneinandergeraten. Wahrscheinlich war es besser, sich mit dem Strand zu begnügen, und vielleicht noch mit dem Bambushain.

Sie fuhr heim und traf auf Fred, der früher als sonst nach Hause gekommen war. Er sagte: »Ich muß noch nach außerhalb zu einer Besprechung.« Sie nickte. Auf dem Weg nach oben drehte er sich um. »Was hast du da in der Tasche?« fragte er.

»Oh, natürlich wieder Avocados«, sagte sie, als mache sie einen Witz, und verschwand durch die Küchentür. Ein paar Minuten später hörte sie ihn die Treppe herunterlaufen. Er rief ihr einen Gruß zu, und die Haustür fiel ins Schloß. Sie ging ins Wohnzimmer, blickte aus dem Fenster und sah, wie er in ein Auto stieg, das am Bürgersteig parkte. Niemand sonst saß darin; er mußte es gemietet haben.

Zusammen mit Larry aß sie früh und geruhsam zu Abend. Sie saßen in der Küche und hörten leise Musik. Die Sendung endete, noch während sie aßen. Dorothy stellte den Apparat aus, und dann unterhielten sie sich. Sie erzählte ihm von der Ausstellung und davon, wie Estelle Charlie und Stan getroffen hatte.

Er sagte: »Ist das wichtig?«

»Ich weiß es nicht. Es ist einfach etwas, was heute

passiert ist, und damit ist es ein Teil meines Lebens, über den man sprechen kann.«
»Für deine Freundin Estelle war es sehr wichtig?«
»Ja, sicher. Sie war ganz schön aufgeregt. Nicht so sehr, wie sie sich anhörte, aber doch ziemlich.«
»Warum?« fragte er und brachte so Dorothy dazu, die menschlichen Paarungsgewohnheiten zu erläutern. Sie war sich nicht einmal sicher, ob auch nur die Hälfte ihrer Erklärungen richtig war. Jedesmal, wenn Larry eine neue Frage stellte, fühlte sie sich unsicherer. Seine Fragen erschienen ihr vernünftig, und sie wunderte sich, warum sie bisher nie von sich aus über sie nachgedacht hatte. Dann, an einem bestimmten Punkt, sagte er: »Bei uns ist es einfacher. Nur die Frau ist fordernd und eifersüchtig während der Paarung, und derjenige, nach dem es sie verlangt, ist der Starke. Bist du nicht stark, verspürt sie kein Verlangen, und es kommt zu keiner Paarung.«
»Aber würdest du dich denn einer anderen Frau zuwenden, wenn die, die du ursprünglich wolltest, nicht erreichbar ist?«
»Natürlich.«
»Und wärst du mit ihr so glücklich, wie du es mit der ersten gewesen wärst?«
»Ich weiß es nicht. Ist das denn wichtig?«
Dorothy war verblüfft. Und dann sagte er noch: »Wenn wir etwas wollen, ja. Nur, wir wollen

nichts, was wir nicht haben können, und mögen etwas nicht bloß deswegen nicht, weil wir eigentlich etwas anderes wollen. Das, was man will, ist das, was man hat, oder nicht?«

»Nein«, sagte Dorothy, »ganz und gar nicht. Und das müßtest du wissen. Was ist mit einem Gefängnis? Du warst doch in einem. Und es gibt alle möglichen Arten von Gefängnissen in der Welt. Überall.«

Larry stand auf, schob seinen Stuhl dicht an den Tisch heran und machte wieder diese seltsamen, verdrehten Bewegungen. »Was ist das?« fragte er.

»Ich weiß es nicht. Das habe ich doch schon gesagt. Ist es ein Witz?«

»Ich weiß es auch nicht, darum frage ich. Ich hab es im Fernsehen gesehen.«

»Oh, kein Wunder. Das nächstemal sehen wir es uns zusammen an. Vielleicht bringen sie es ja noch einmal.« Sie versuchte herauszufinden, wann das Programm gelaufen war. Larry sagte, er glaube, es sei eine Art Werbespot gewesen.

Sobald es dunkel wurde, fuhren sie wieder zum Strand und gingen schwimmen. Und redeten. Sie erzählte Larry vom Museumspark, und er sagte, er wolle gern einmal dorthin. Dorothy tat es leid, daß sie sein Interesse geweckt hatte.

»Es ist viel zu gefährlich. Wenn etwas passiert, sind wir zu weit vom Auto entfernt.«

»Laß ihn uns zumindest einmal ansehen.«

»Also gut. Ich werde an ihm vorbeifahren. Aber nicht mehr. Wir werden den Wagen nicht verlassen.«
Sie fuhr seitlich um das Museumsgelände herum und dann vorn am Eingang vorbei. Schatten von Palmen zeichneten vor ihnen unregelmäßige Muster auf die Straße, als Dorothy den Wagen wendete, um umzukehren. Larry lehnte sich aus dem Fenster und atmete tief ein.
»Die Rasenflächen reichen hinten bis hinunter ans Wasser«, sagte Dorothy. »Man hat einen wunderschönen Blick. Ich weiß nicht, wie es ihnen gelingt, den Park mit all dem Salz in der Luft so gut in Schuß zu halten.«
»Können wir hier nicht bitte einmal anhalten?«
Sie fuhr rechts ran und stellte den Motor ab. In der Ferne hörten sie den Ozean, und fast schien es so, als sei sein Rauschen das Echo des Motorenlärms, der vom nahen Highway herüberwehte, als versuche er, das nicht abreißende Lauter und Leiser zu imitieren. Dazwischen mischte sich kaum hörbar das Zirpen von Insekten, und die warme Nachtluft duftete nach Pflanzen und Erde.
»Wir könnten einen kleinen Spaziergang machen«, stellte Larry fest und öffnete seine Tür. Dorothy lehnte sich zu ihm hinüber und faßte ihn an der Schulter.
»Bitte«, sagte sie. »Ich habe Angst.« Er befreite sich von ihrer Hand, stieg aus, schloß leise seine

Tür und kam um den Wagen herum. »Komm«, sagte er.

Sie folgte ihm auf eine grasbewachsene Anhöhe. Links und rechts ragten die Silhouetten von Bäumen und Büschen wie Schatten von Schiffen in einem nächtlichen Hafen in den Himmel. Dorothy wollte im Schutz der Bäume bleiben, von einem Schatten zum nächsten eilen, doch Larry zog sie ins Freie. Seine Sandalen hatte er ausgezogen und trug sie in der Hand.

Volle zwanzig Minuten streifte er mit ihr herum und stellte ihr Fragen über das Museum, während Dorothy glaubte, es wäre sicherer, auf eine Unterhaltung zu verzichten. Dann kam ein Wagen die Straße herunter, seine Scheinwerfer beschrieben einen weiten Bogen. Dorothy zog ihre Hand zurück und sprang hinter einen großen Busch. Ruhig und ohne Eile folgte Larry ihr und sagte: »Bis hier herüber reichen die Lichter nicht. Oder gibt es noch einen anderen Grund, warum du dich versteckst?«

»Nein, es war der Wagen.«

Nach einem letzten Gang einen palmengesäumten Weg entlang war er schließlich einverstanden, zurück zum Auto zu gehen. »Ich mag diesen Ort«, sagte er.

»Ich auch, sehr sogar. Aber ich glaube, wir haben verdammtes Glück gehabt, daß wir niemandem begegnet sind. Bitte, laß uns nie wieder so unvorsichtig sein, Larry.«

»Du bist einfach zu ängstlich und verdirbst dir so die ganze Freude.«
»Larry, du bist alles, was ich habe.«
Er wandte sich um, weg vom Wagen, um mit seinen Armen die Erde und den Himmel zu umfassen, und sagte: »All das hier gehört dir. Du lebst hier. Du bist hier zu Hause.«
Dorothy setzte sich hinter das Steuer und fuhr etwa fünf Minuten, ohne ein Wort zu sagen. Dann versuchte sie Larry zu erklären, daß »all das hier« wenig wert sei, wenn man niemanden habe, um seine Gefühle mit ihm zu teilen. Er sagte, aber es sei doch alles voller Menschen, es gebe Millionen und Abermillionen, worauf sie entgegnete, die Menschen seien alle verschieden und man müsse die finden, die zu einem paßten. Er sagte, das verstehe er nicht. Und wo lägen die Unterschiede? »Drinnen, in den Leuten«, sagte sie, was die Sache für ihn noch rätselhafter machte, und als sie ihn fragte, ob denn die Leute dort, bei ihm zu Hause, alle genau gleich seien, sagte er ja. Als sie antwortete, das könne sie kaum glauben, bemerkte er: »Wir alle tun die gleichen Dinge, also sind wir alle gleich. Hier bei euch macht jeder etwas anderes.«
Dorothy dachte darüber nach. »Wenn das wahr wäre«, sagte sie, »müßten sich die Männer viel stärker voneinander unterscheiden als die Frauen, weil sie die verschiedensten Berufe haben, während fast alle Frauen die gleichen Dinge tun. Aber

es ist nicht wahr – Frauen unterscheiden sich genauso voneinander wie Männer. Glaubst du, wir könnten darauf vertrauen, daß uns jemand helfen würde?«

»Nein«, antwortete er schnell.

»Und wenn es eine Hausfrau wäre, genau wie ich eine bin?«

»Nein. Du hast recht. Vielleicht ist es komplizierter, als ich angenommen habe.«

»Und du meinst doch auch nicht wirklich, daß dir dort, wo du herkommst, alle völlig gleich sind?«

»Oh, doch. Das ist tatsächlich so.«

6

Fred fragte Dorothy, ob sie in der nächsten Woche mit auf die Party eines Arbeitskollegen kommen wolle. Das war ungewöhnlich genug, da er derartige Feste eigentlich nie gemocht hatte. Sie saßen entlang der Wände im Haus von jemand, den sie nicht kannte, und balancierten Teller auf ihren Knien. Einige tanzten zur Musik vom Schallplattenspieler, und jeder versicherte, wie nett es doch sei, sich wieder einmal zu treffen. Es war sterbenslangweilig. Ein paar Tage später wollte Fred einen Kunden mit seiner Frau zum Essen in ein Restaurant einladen und bat Dorothy, ihn zu begleiten. Sie gingen in ein Fischrestaurant und hatten einen angenehmen Abend. Es war fast so wie früher. Beim Verlassen des Lokals entdeckte Dorothy die Cranstons, die sich gerade an einen eigens hergerichteten Tisch für etwa zwanzig Personen setzten. Jeanie Cranston sprang von ihrem Stuhl auf, welche Überraschung und man müsse sich wirklich öfter treffen. Dorothy sagte, ja, natürlich, und wußte, daß es nicht so sein würde. Wenn sie sich auch seit Jahren kannten, so doch nur durch Estelle. Dorothy warf einen schnellen Blick in die Runde – grell, protzig, jeder versuchte den anderen zu übertönen. Joshua sah so aus, wie Estelle ihn beschrieben hatte: selbstgefällig, wichtigtuerisch und auf eine Art nicht er selbst.

Am nächsten Morgen, kurz vor dem Mittagessen, als Larry zusammen mit Dorothy Kartoffeln schälte, rief Estelle an. Es war ein Hilferuf. Sie klang betrunken, und obwohl es so schien, als wolle sie über irgendeinen gefährlichen Kerl reden, an den sich ihre Tochter Sandra plötzlich hängte, war Dorothy sicher, daß Estelles wirkliche Probleme mit Charlie und Stan zu tun hatten. Sie versprach, am Nachmittag bei ihr vorbeizuschauen.

»Fang ruhig schon mal an, mit Listerine zu gurgeln«, fügte sie noch hinzu, »und paß auf, daß du nichts verschluckst. Wenn ich komme und du bist betrunken, mache ich auf der Stelle kehrt und fahr wieder nach Hause. Es könnte sogar sein, daß ich Charlie und Stan anrufe und ihnen voneinander erzähle.«

Estelle kreischte ein Lachen in den Hörer und legte auf.

Larry half ihr, eine neue Gurkenzucht anzulegen, er machte den Salat fürs Mittagessen und wischte Staub, während Dorothy die Teppiche saugte. Dann putzten sie das Silber – das wenige, das Dorothy und Fred besaßen –, woran sie immer erst dachte, wenn sie ein angelaufenes Sahnekännchen

in einer Ecke im obersten Schrankfach entdeckte oder eine mehr schwarze als silberne Suppenkelle hinten in der mittleren Schublade.
Sie sah zu ihm hinüber. Er saß am anderen Ende des Tisches. Seit er da war, hielt sie die Vorhänge geschlossen, da seine empfindlichen Augen zu helles Licht nicht gut vertrugen. Seine ganze Konzentration war darauf gerichtet, ein paar Löffel mit einem Silberputztuch zu polieren: sechs Teelöffel, die sie von einer Großtante geerbt hatten. Die Beine hatte er übereinandergeschlagen, was schon sonderbar genug ausgesehen hätte, aber dazu trug er auch noch eine geblümte Schürze, die einen erstaunlichen Kontrast zu seinem massigen, muskulösen Körper und seinem prächtig großen Kopf bildete. Dorothy kam er wie immer wundervoll vor. Und seine Hände – trotz ihrer Größe und Kraft waren sie bei allem, was sie taten, sehr geschickt. Er sagte, daß ihm die Hausarbeit gefalle. Sie fiel ihm leicht, und die Dinge interessierten ihn. Alles war so völlig anders als das, was er vorher gekannt hatte: Die Hände mußten ständig in Bewegung gehalten werden, während der übrige Körper mehr oder weniger ruhig blieb.
Nachmittags lagen sie im Bett und sahen fern, als Larry plötzlich sagte: »Sieh nur!«
»Was?«
»Was ist das?«
»Wo?«

»Im Fernsehen.«
»Oh, eine Reklame für eine Dance Company.«
»Aber was macht der da? Was ist das? Sieh doch nur.«
»Es ist jemand, der Merce Cunningham heißt. Du hattest recht – es ist ein Werbespot für ein längeres Gastspiel, das er nächste Woche anfängt. Er hat seine eigene Company.«
»Was macht er da?«
»Tanzen.«
»Nein, nein, nein«, sagte Larry, stand auf und machte die gleichen seltsamen Bewegungen, die er ihr nun schon seit Tagen vorführte. Plötzlich erkannte Dorothy, daß es eine perfekte Imitation des Tanzes im Fernsehen war.
»Das ist sein Tanz«, sagte sie.
»Aber was ist es? Was macht er da?«
»Ich glaube nicht, daß er da etwas ›macht‹. Der Tanz drückt ein Gefühl oder eine Idee aus, vielleicht auch die Impression von einem Geschehnis. Und variiert dabei bestimmte Muster. Gefällt es dir?«
»Ich verstehe es nicht«, sagte er und legte sich wieder ins Bett.
»Zu dumm, daß ich dir so viele Dinge nicht zeigen kann. Du müßtest einmal ein klassisches Ballett sehen, dann könnte ich es dir vielleicht erklären.«
»Das hatten sie auch schon«, sagte Larry. »Und das kann ich verstehen.«

»Wirklich? Hat es dir gefallen?«
»Ja, es war sehr schön. Voller Musik.«
»Das hier auch.«
»Aber es ist nicht dasselbe.«
»Nein«, sagte Dorothy. Meist, wenn sie ihm etwas nicht gleich erklären konnte, fragte er nicht weiter. »Radikaler Chic« war das letzte gewesen, wo sie hatte passen müssen.
Später am Nachmittag fuhr sie hinüber zu Estelle. Als sie klingelte, kam es ihr so vor, als sei niemand zu Hause. Sie klingelte dreimal. Keine Antwort. Sie ging ums Haus herum und warf einen Blick durchs Küchenfenster. Estelle saß auf der Eckbank gegenüber vom Herd, und Sandra stand mitten im Raum und schrie sie an. Dorothy konnte sie durchs Fenster hören: » ... blöde alte ... niemals ... Miststück ... die ganze Zeit ...«
Dorothy klopfte mit dem Autoschlüssel gegen die Scheibe. Sandra sah zu ihr herüber, das Gesicht bedrückt, maskenhaft, durchdringend. Dann verschwand sie. Die Küchentür hinaus in den Garten war nur angelehnt.
Dorothy ging hinein und sah, wie Sandra die Tür zum Eßzimmer hinter sich zuzog. Estelle hatte sich nicht bewegt. Dorothy setzte sich ihr gegenüber an den Tisch.
»Wie schlimm ist er?«
»Wer?« fragte Estelle.
»Dein Kater.«

»Okay, Ich hab 'n Kater. 'n Kater von vierundvierzig langen Jahren Leben.«
»Wie alt ist Sandra eigentlich mittlerweile? Ich vergesse es immer wieder. Fünfzehn?«
»Sechzehn. Heutzutage fangen sie schon mit zwölf damit an. Seit zwei Jahren nimmt sie die Pille. Hab ich dir doch erzählt.«
»Sie entwickelt sich sehr schnell. Wahrscheinlich wird sie noch mit 'ner Menge ungeeigneter Leute zusammenkommen, bevor sie ruhiger wird.«
»Ungeeignet ... «, sagte Estelle.
»Ist es nicht besser, daß sie herumprobiert, anstatt mit verklärtem Blick in eine Ehe reinzuschlittern, die nach ein paar Jahren wieder in die Brüche geht? Dann ist sie nämlich wieder genau da, wo sie jetzt ist, nur daß sie dann möglicherweise ein Kind hat, daß auch noch großgezogen werden muß.«
»Wenn sie verheiratet wäre, könnte das zumindest bedeuten, daß er sie liebt.«
»Oh, Estelle. Liebst du Stan? Oder Charlie?«
»Sie versucht sich damit an mir zu rächen.«
»Vielleicht.« Dorothy seufzte. Sie wartete darauf, daß Estelle mit einer Erklärung oder Selbstrechtfertigung in die Offensive gehen würde, aber sie saß einfach zusammengesackt und an die Wand gelehnt da.
Nach einer ganzen Weile sagte Estelle: »Was ein Theater. Tut mir leid, daß ich dich hergelotst habe. Ich bin im Moment nicht gerade unterhal-

tend, und ich weiß wirklich nicht, was ich machen soll. Ich möchte ihr nicht weh tun, aber wenn ich ihr ihren Kopf lasse, muß eventuell jemand anderes darunter leiden.«

»Wer ist dieser Junge?«

»Ein Mann. Unser Alter.«

»Mein Gott.«

»Oh, ja. Langsam fängst du an zu verstehen.«

»Ich nehme an, wir können von Glück sagen, daß es nicht Stan oder Charlie ist. Oder . . . ?«

»Nicht ganz.« Estelle fuhr sich mit den Händen über das Gesicht und setzte sich gerade. »Kaffee?« fragte sie.

»Nur einen Schluck. Und wenn ich nicht helfen kann, laß uns von etwas anderem reden. Erzähl mir von Joey.«

»Damit bleiben wir im Grunde beim Thema. Er hat in bezug auf Sandra so eine Art Kreuzfahrerkomplex entwickelt. Meine Schwester muß rein sein – so was in der Richtung. Dadurch bin ich überhaupt erst draufgekommen. Seit Tagen liegen sie sich deswegen schon in den Haaren, bis sich gestern abend dann herausstellte, worum es dabei ging.«

Nach der ersten Tasse wollte Dorothy gehen, doch da entschied sich Estelle plötzlich, etwas mehr von der Geschichte mit Sandra zu erzählen.

»Hast du diesen Mann schon gesehen?« fragte Dorothy.

»Oh, darüber möchte ich nicht reden.«
Und wieder sagte Estelle, daß sie nicht wisse, was sie tun solle, weil, was auch immer sie tue, ihre Tochter drehe alles gegen sie. Sie habe das Gefühl, das Mädchen warte nur darauf, das sie einen falschen Schritt mache.
»Dieser Mann ... «, begann Dorothy.
»Die Sache ist die, daß ich, so wie ich mit ihnen umgegangen bin, immer versucht habe zu kompensieren, wie man mich großgezogen hat.«
»Nun ja, das machen wohl alle Mütter so.«
»Und jetzt krieg ich's zurückgezahlt. Was mich dabei fast umbringt ist die Tatsache, daß ein Großteil von alldem mit der Scheidung zu tun hat. Das ist die Strafe.«
Nach der zweiten Tasse Kaffee ging Dorothy. Ihre Sorge um Estelle war nicht mehr so groß wie am Morgen, als sie die Stimme ihrer Freundin am Telefon gehört hatte, aber sie war auch nicht gerade optimistisch, was Estelles Trinkerei anging. Doch solange sich die Dinge nicht zu einer wirklichen Krise entwickelten, während sie Larry in Sicherheit brachte, mußte sie eigentlich alles unter Kontrolle halten können.
Fred war noch nicht da, als sie zu Hause ankam. Sie ging in die Küche, sah kurz nach Larry, und als sie den Wagen hörte, setzte sie sich ins Wohnzimmer.
»Was gibt's?« sagte er, zog sein Jackett aus und hängte es über eine Stuhllehne.

»Laß uns reden. Die berühmte Geschichte, über die wir uns noch unterhalten müssen. Suzanne und der Urlaub und das alles.«

»Ich muß gleich wieder weg. Geht das nicht auch später?«

»Es ist immer das gleiche. Später. Eines Tages ist es zu spät.«

Er sah sie über seine Schulter an, sagte aber nichts. Sie glaubte, er würde sagen: »Es ist sowieso schon zu spät«, doch er änderte seine Meinung.

»Also, wie stellst du dir die Sache denn vor?« sagte er. »Aber mach es kurz.«

»Ich glaube, wir sollten es noch einmal mit einem getrennten Urlaub versuchen und Suzanne dazu bringen, erst anschließend zu kommen. Aber in diesem Jahr brauche ich Hilfe mit ihr. Allein steh ich das nicht mehr durch.«

»Gut. In Ordnung.«

Natürlich würde sich nichts ändern. Noch in jedem Jahr hatte sie ihm dasselbe über Suzanne gesagt.

»Soll ich Suzanne anrufen und mit ihr reden?« fragte Dorothy.

»Ja. In Ordnung.«

»Hörst du mir auch wirklich zu?«

»Natürlich, natürlich. Ich bin nur etwas in Eile. Ich muß weg.«

Dorothy griff zum Telefon und wählte Suzannes Nummer. Fred ging nach oben. Wie Dorothy ge-

hofft hatte, war Suzanne gerade mitten in den Vorbereitungen fürs Abendessen; um genau zu sein, sie gab eine Party, und es hörte sich so an, als sei sie völlig durcheinander.
»Wer? Dorothy? Warum rufe ich dich nicht zurück, wenn wir Zeit haben zu reden?«
»Nein, nein. Das ist nicht nötig. Ich will dir nur sagen, daß wir es bis nach dem Zwölften verschieben müssen.«
»Aber das sind ja noch Jahre.«
»Ich fürchte, es ist die einzige Möglichkeit.«
»Aber dann will ich doch wegfahren.«
»Nun, ich fürchte, wir fahren vorher.«
»Vielleicht kann ich noch kommen, bevor ihr weg seid.«
»Nein, da läßt sich nichts ändern. Im Moment haben wir andere Leute zu Besuch.« Dorothy überlegte sich schnell einen Namen. Suzanne wollte ständig alles in allen Einzelheiten wissen, um wen auch immer es sich handelte. Und nie vergaß sie jemanden.
»Dorothy, darüber müssen wir noch sprechen. Ich muß jetzt wirklich . . . «
»Ist schon in Ordnung. Vor dem Zwölften brauchen wir über nichts zu reden. Okay?«
»Ja, aber . . . «
»Ich meld mich dann wieder bei dir. Bis dann.«
»Ich ruf dich an«, sagte Suzanne. »Bis dann.«
Dorothy schrieb auf den Notizblock neben dem

Telefon, daß Suzanne nicht vor dem Zwölften kommen würde. Als Fred die Treppe heruntergerannt kam und sich im Laufen die Krawatte noch fertig umband, erzählte sie es ihm, und er sagte: »Ja, ja.«

»Und ich hab's auf den Block geschrieben, nur für den Fall, daß sie anruft. Wenn sie vorher kommt, ziehe ich aus und nehme den Wagen.«

»In Ordnung, in Ordnung«, sagte er.

»Wofür brauchst du denn die Krawatte?«

»Ich muß mich beeilen. 'bye.«

Er war schon aus dem Haus und saß in seinem Mietwagen, bevor ihr wieder eingefallen war, was sie eigentlich noch hatte sagen wollen. Jetzt war es weg. Sie lief zurück zum Telefon, unterstrich die beiden Worte auf dem Block und ging weiter in die Küche.

Zusammen mit Larry aß sie zu Abend, und gerade als sie es sich vorm Fernseher bequem machen wollten, hörte sie etwas, was sie für die Haustür hielt. Larry schaltete den Apparat aus und sagte zu ihr, daß sei sicher ihr Mann. Sie kletterte aus dem Bett, obwohl sie es nicht glaubte. Viel wahrscheinlicher, daß es ein Einbrecher war.

Ohne ein Geräusch öffnete sie die Tür zum Wohnzimmer einen Spalt. Genau in ihrem Blickfeld saß Fred, das Gesicht in den Händen vergraben. Ruhig ging sie hinüber zu seinem Stuhl und blieb neben ihm stehen. Er seufzte. Er sagte: »Oh, ver-

flucht.« Sie legte ihm die Hand auf die Schulter, und er schoß in die Höhe. Sie klopfte ihm auf den Rücken.
»Was ist los?«
»Was hab ich gesagt?«
»Wann?«
»Jetzt gerade.«
»Nichts. ›Oh, verflucht‹, hast du gesagt. Wo warst du? Was ist passiert?«
»Das ist so schwer zu erklären.«
»Laß es gut sein.« Sie setzte sich neben ihn.
Er sagte: »Es ist so dumm und so erbärmlich. Ich hab mich seit einiger Zeit mit einer Frau getroffen. Ich hab sie nicht mal gemocht, im Gegenteil, sie hat mich gelangweilt. Sie hat mit der ganzen Sache angefangen. Ich wäre gar nicht auf die Idee gekommen. Und jetzt sagt sie, sie macht eine Riesenszene und erzählt dir alles. So, jetzt ist es heraus. Es tut mir leid.«
Dorothy hatte ihre Hand nicht von seinem Rücken genommen. »Mach dir keine Sorgen«, sagte sie. »Wenn sie mit mir reden will, laß sie ganz einfach.«
»Ich glaube, sie will nichts anderes als mich verletzen, und ich möchte nicht, daß sie auch dir dabei weh tut. Das ist der Grund – ich meine, am liebsten hätte ich dir gar nichts von der Sache erzählt.«
Darauf würde ich wetten, dachte Dorothy. Und wahrscheinlich glaubt er, ich hatte keine Ahnung. Trotzdem, so genau hätte ich es lieber doch nicht

gewußt. Sie saß da, bewegte ihre Hand leicht hinten auf seinem Hemd hin und her und wollte ihn fragen: Wie ist sie?

»Du liebst sie nicht mehr?«

»Oh, das habe ich nie. Das macht die Sache doch so deprimierend.«

»Nun, sorg dich nicht. Ich bin vorbereitet, wenn was passiert.«

Er sah immer noch erbärmlich aus. Vielleicht wollte er sie davor warnen, der anderen Frau, sollte sie dieses oder jenes erzählen, zu glauben. Nun, dachte Dorothy, ich habe Larry. Ich kann es mir leisten, mich versöhnlich zu zeigen und ihm zu vergeben.

»Machst du heute abend wieder eine Spazierfahrt?«

»Nein.«

»Wir könnten Scrabble spielen und uns überlegen, was wir in den Ferien machen.«

Am Ende wurden es vier Partien. Dorothy kochte Kaffee und machte ihm ein paar Sandwiches. Er sagte: »Das sieht langsam wie ein richtiges Turnier aus.« Und sie antwortete: »Nein, eher wie ›Nachbar gegen Nachbar‹, aber ich gewinne.«

»›Nachbar gegen etymologisches Superhirn‹ wäre richtiger.«

Dorothy schrieb den Wert seines letzten Wortes auf und ließ den Blick über ihre Buchstaben schweifen. »Wir haben schon sehr lange nicht mehr Scrabble gespielt.«

»Weil du immer nur gewonnen hast.«
Dorothy hätte beinahe gesagt: Oder weil du ständig abends weg mußtest. Etwa gegen Viertel vor elf glaubte sie für ein paar Momente, Bewegungen in der Küche zu verspüren, was bedeuten würde, daß Larry nach draußen schlich, um sich ein Auto für die Nacht zu stehlen. Und irgendwann später wurde ihr plötzlich bewußt, daß ihr Mann sich tatsächlich entschlossen haben mußte, an einem einzigen Abend, und ohne mit ihr vorher darüber zu sprechen, ihre Ehe wieder an den Punkt zurückzuführen, wo sie vor Jahren gewesen war, vor den getrennten Betten.
Als sie nach oben gingen, erinnerte Dorothy ihn an Suzanne und wiederholte, daß sie das Haus verlassen würde, sollte Suzanne noch vor dem Zwölften kommen.
»Wir könnten zusammen Urlaub machen«, sagte Fred. »Was Ausgefallenes, zur Abwechslung.«
»Ich glaube, es wäre gut, wie geplant getrennt Urlaub zu machen. Uns Zeit zu nehmen, über die Dinge nachzudenken und dann wieder zusammenzukommen. Du weißt, wie es mit den Ferien ist. Sie haben nicht wirklich was mit dem Rest des Lebens zu tun. Genau wie Flitterwochen.«
»Klingt vernünftig.«
»Aber du brauchst deswegen nicht unbedingt wegzufahren.«
»Klingt noch besser«, sagte er.

Morgens war Fred kaum aus der Tür und Dorothy zurück in der Küche, als Larry vor ihr stand. »Sie suchen nach mir«, sagte er und deutete auf das Radio. Dorothy schaltete es ein, drehte die Lautstärke auf und führte ihn zu einem Stuhl.
Die Stimme des Sprechers hörte sich erregt und glücklich an, als mache er für etwas Reklame. Er sagte:
»Nach einigen Wochen trügerischer Ruhe hat Aquarius, der Monstermann, in der letzten Nacht wieder zugeschlagen. Fünf junge Leben fielen der Blutrünstigkeit dieser Kreatur zum Opfer, in fünf Familien herrscht nun große Trauer. Gestern noch lebten sie in einer Welt ohne Sorgen, heute kennen sie den Schmerz derer, denen man das Liebste genommen hat. Und wir müssen uns die Frage stellen, ob es richtig ist, fremde Lebensformen mit beträchtlichen öffentlichen Mitteln am Leben zu erhalten, damit sie die Blüte unserer Gesellschaft zerstören.«
»Sie sind mit abgebrochenen Flaschen auf mich losgegangen, und einer von ihnen sagte: ›He, Mann, sieh nur, wie groß er ist. Daran sollten wir als erstes was ändern.‹ Und dann kamen sie von allen Seiten, und mir blieb nichts, als so schnell auf sie einzuschlagen, wie ich konnte. Es tut mir leid, Dorothy. Das wird die Sache für dich sicher noch schwieriger machen, oder?«
Dorothy machte eine sanfte, flüchtige Handbewe-

gung. Sie lauschte dem Radio. Der Rest der Meldung beschrieb die fünf »blutrünstigen Morde« an den Jugendlichen oder Männern im Museumspark, wo sie sich in der Nacht zuvor aufgehalten hatten. Sie verfolgte die Durchsage bis zum Ende und schaltete den Apparat dann aus.
»Haben sie dir weh getan?«
»Wo sie mich geschlagen und getreten haben, aber sie sind nicht dazu gekommen, die Flaschen zu gebrauchen. Und auch nicht ihre Messer – zwei von ihnen hatten eins. Meine Haut ist nicht verletzt worden.«
Sie strich ihm mit der Hand über sein Gesicht. Er zuckte zurück, als sie seinen Kiefer seitlich berührte. Hätte das dunkle Grün es nicht verdeckt, wäre da sicher ein riesiger blauer Fleck zu sehen gewesen, so groß wie die Schwellung; ähnlich wie bei Fred, das eine Mal, als er auf dem Freeway mit dem Fahrer aus Kansas in eine Schlägerei verwikkelt worden war.
»Ich besorge dir etwas dafür.«
»Ich hab schon eine Salbe draufgetan, die ich im Medizinschrank gefunden habe. ›Bei Blutergüssen und Quetschungen‹ stand auf der Packung.«
Sie verbrachten einen ruhigen Vormittag, bis Mr. Mendoza klingelte. Diesmal kam er auf eine Tasse Kaffee herein, erzählte von den Nachrichten und sagte, daß, schenkte man dem Fernsehen Glauben, diese jungen Männer anständig und patriotisch

und was sonst nicht noch alles gewesen seien, aber daß er ihre Fotos in der Morgenzeitung gesehen und sie wiedererkannt habe. Es seien Punks und Unruhestifter aus den wohlhabenden Vierteln gewesen, welche von denen, die ausreichend Zeit und Geld hätten, herumzuhängen, sich zu betrinken, Drogen zu nehmen und Leute zusammenzuschlagen, denen es weniger gut gehe und die allein unterwegs seien.

»Machen Sie sich keine Sorgen«, sagte er. »Sicher, es ist eine traurige Geschichte, aber es ist besser so, sie werden schon sehen.«

Dorothy wußte nicht, was er damit sagen wollte. Sie hatte schreckliche Angst, er könnte Larry gemeint haben. Hatte er ihn womöglich durch eine Lücke zwischen den Küchenvorhängen gesehen? Mr. Mendoza verabschiedete sich und war gegangen, noch bevor sie etwas sagen und auch nur einen einzigen klaren Gedanken fassen konnte.

Möglicherweise hatte er von etwas gesprochen, worüber sie in der Zeitung geschrieben hatten und was sie nicht richtig verstand. Wenn es eine Anspielung auf Larry gewesen war ... hatte etwa die Polizei im Viertel schon Nachforschungen angestellt? Fred hatte wieder einmal die Zeitung mitgenommen; sie hatte nicht mal einen Blick hineinwerfen können.

Sie schaltete den Fernsehapparat in Larrys Zimmer ein. Er werkelte im Wohnzimmer vor sich hin, sah sich Zeitschriften an und blätterte in Büchern herum. Polizei und Behördenvertreter erschienen im Bild. Hin und wieder waren die Kameras auch auf einen der Doktoren oder Wissenschaftler gerichtet, die im Institut arbeiteten. Es gab einige Interviews, die sie schon sehr früh am Morgen aufgezeichnet hatten, und Diskussionsrunden zum Wesen des zivilisierten Menschen und aggressiver Instinkte. Dr. Forest betonte die Intelligenz auch bei Tieren, Prof. Dexter legte dar, wie sie Larry beim erstenmal eingefangen hatten und warum es ausgesprochen gefährlich sein würde, sich solch einem Wesen ohne qualifizierte professionelle Hilfe zu nähern. Polizei und Offizielle sprachen von schnellem Handeln, möglichen Verstecken und Ernährungsgewohnheiten. Ohne es direkt zu sagen, gelang es den Fernsehleuten, den Gedanken wahrscheinlich erscheinen zu lassen, daß Larry in der Gegend geblieben war, da er hier ausreichend Gelegenheit hatte, Menschen zu fressen. Nicht einer der Interviewten schien es für möglich zu halten, daß Larry sich so lange versteckt hatte halten können, weil er sich mit irgendwem angefreundet hatte. Die Frage wurde erst gar nicht angesprochen.

Aber vielleicht hatte die Polizei ihnen auch verboten, diesen Punkt zu erörtern. Andererseits, sollten die Behörden glauben, es könnte so sein, würden sie Larry sicher schneller finden, wenn sie die

Leute öffentlich aufforderten, in ihrer Nachbarschaft herumzuschnüffeln. Als sie genauer darüber nachdachte, wurde ihr klar, wie außergewöhnlich es erscheinen mußte, daß er gerade sie ausgesucht haben sollte. Alleinstehende Menschen leben meist nicht in einem eigenen Haus mit Garten, und die meisten Verheirateten benutzen sämtliche Räume in ihrem Haus gemeinsam.

Während sie noch fernsah, kam Larry herein und setzte sich aufs Bett.

»Wie können sie nur solche Dinge sagen? Ich hab geglaubt, nur die Leute vom Institut wären so, aber sie sind alle gleich.«

Dorothy drehte den Ton so leise, daß er kaum noch zu hören war, und setzte sich zu Larry.

»Dir gefällt es nicht, daß ich diese Menschen umgebracht habe«, sagte er. »Du glaubst, es war nicht richtig. Aber sie hätten mich getötet.«

»Ich weiß, daß sie das getan hätten. Und ich halte es überhaupt nicht für falsch, was du getan hast. Ich bin nur enttäuscht, daß wir, wenn mit dem mexikanischen Plan etwas schiefgeht, nicht mehr auf die Zeitungen hoffen können. Gestern abend noch hätten wir ihnen die Wahrheit über die Männer vom Institut erzählen können, wie sie dich zu ihrem bloßen Vergnügen gequält haben, ganz zu schweigen von all den schrecklichen Experimenten, von denen sie glaubten, daß sie was Nützliches beweisen würden – und wir hätten es mit einem

Fall von Notwehr zu tun gehabt. Aber jetzt wird jeder annehmen, daß diese Widerlinge und Schläger sich ganz normal und vernünftig verhalten haben. Jeder, bis auf mich und jemanden wie Mr. Mendoza, der seine eigene Art hat, über die Dinge zu denken. Die Leute werden glauben, die Jungen hätten sich so verhalten, wie sie es getan haben, weil sie Angst hatten. Und selbst wenn sie tatsächlich aus Angst gehandelt hätten, was nicht der Fall war, dann läge der Fehler beim Fernsehen und bei den Zeitungen. Sie haben die Leute verrückt gemacht und die Stimmung angeheizt.«

»Das tun sie immer. Worum es auch geht. Ich hab gelesen, und ich hab ferngesehen. Und ich sage dir noch etwas: Jetzt verstehe ich es.«

»Was?«

Er stand auf und wiederholte den Tanz, den sie im Fernsehen gesehen hatten. Für Dorothy sah es genauso wie beim letztenmal aus, als er ihn nachgemacht hatte.

»Jetzt verstehe ich es«, sagte er.

»Ist da ein Unterschied?«

»Ja«, sagte er, »für mich ja.« Dorothy wollte ihn gerade ein paar Dinge über den Tanz fragen, als sie im Fernsehen hinter ihm einzelne Fotografien einblendeten. Sie war neugierig zu sehen, um was für Leute es sich dabei handelte. Larry setzte sich zurück neben sie aufs Bett.

»Das sind die aus dem Park. Sahen sie so aus?«

»Nichts sieht jemals so aus wie ein Bild. Darin liegt die Bedeutung eines Bildes.«
»Aber kannst du sie wiedererkennen?«
Beide betrachteten sie die Bilder. Das erste, das zweite. Die Namen wurden nicht genannt. Das dritte, und dann, beim vierten Bild, sagte Dorothy: »Der sieht aus wie Estelles Sohn Joey. Mein Gott, ich frage mich, ob es das war, was Mr. Mendoza meinte.«
»Was?«
»Ob er es ist, von dem er gesprochen hat. Ich kenne seine Mutter. Genauer gesagt, sie ist meine beste Freundin. Du weißt schon, meine Freundin Estelle. Ich ruf sie am besten gleich an.«
Sie ging in die Küche und telefonierte von dort aus. Larry stand hinter ihr in der Tür und betrachtete sie. Sie bekam nur ein Besetztzeichen. Es stimmte natürlich, Bilder sahen nie wirklich so aus wie das, was sie zeigten, und dieses hier mußte schon vor langer Zeit gemacht worden sein, aber immerhin war die Ähnlichkeit groß genug gewesen, sie glauben zu lassen, daß sie ihn wiedererkannte, auch ohne den Namen.
»Larry«, sagte sie, »ich glaube, ich sollte versuchen, Estelle zu finden. Entschuldige, daß ich dich allein lasse.«
»Es gefällt dir nicht, daß ich ihn umgebracht habe. Ändert es die Sache so sehr, daß du ihn gekannt hast?«

»Ja.«
»Warum? Ob dir ein Fremder oder jemand, den du kennst, etwas Schlimmes antut, die Sache bleibt doch die gleiche. Sie haben mich angegriffen, und ist es nicht noch übler, wenn man einen von ihnen kennt?«
»Bei Menschen, die man kennt, ist man nachsichtiger.«
»Ich habe dir erzählt, was geschehen ist. Sie waren zu fünft, sie haben versucht, mich zu töten, und sind ohne jede Warnung auf mich losgegangen. Sie waren bewaffnet und hatten ihren Spaß an der Geschichte. Dieser Joey auch. Und willst du mir gegenüber nicht die gleiche Nachsicht üben, wie du es ihm gegenüber tust?«
»Ich habe ihn gekannt, seit er ein Baby war. Er hat auf meinem Schoß gesessen.«
»Du liebst mich mehr, als du ihn jemals geliebt hast. Ist es nicht so?«
Dorothy fummelte am Telefonkabel herum. Sie nickte und seufzte.
»Was beunruhigt dich wirklich am meisten, Dorothy? Es ist nicht in erster Linie das, was ich getan habe – das ist mir jetzt klar.«
»Ich glaube, es ist wegen Estelle. Wir waren von Anfang an völlig unterschiedlich: unsere Familien, unser Charakter und unsere Ehen. Aber trotzdem haben wir uns immer so gut verstanden, wie Schwestern. Wir haben einander so viel geholfen.

Einmal oder zweimal waren wir, waren unsere Leben derartig am Boden, daß wir, sie und ich, kurz davor waren, uns aufzugeben – wirklich, wir waren soweit. Deshalb, wenn Estelle was Schlimmes zustößt, trifft es auch mich. Du kannst dir nicht vorstellen, wie sie sich über ihre Kinder beklagt, selbst wenn sie gerade im selben Zimmer sind, und doch weiß ich, sie bedeuten ihr alles. Sie liebt sie einfach über alles. Ich weiß nicht, wie sie sich jemals davon erholen soll.«

»Du hast es auch geschafft«, sagte Larry.

»Manchmal frage ich mich das.«

Sie fuhr zu Estelles Haus, bekam aber keine Antwort auf ihr Klingeln, und es rührte sich auch nichts, als sie hinten an der Küchentür klopfte. Sie holte das Notizbuch aus ihrer Tasche, riß eine Seite heraus und schrieb einen kurzen Brief, den sie so zusammenfaltete, daß er wie ein Umschlag aussah, den sie durch den Türschlitz schob.

Sie fuhr in Richtung Museum. Schon als sie noch weit davon entfernt war, war klar, daß wahre Massen von Menschen auf dem Weg dorthin waren, also überlegte sie es sich anders und nahm die Abbiegung zur Küste. Sie hielt unter einen Eukalyptusbaum, saß da und blickte auf den Ozean hinaus. Ihr war nach Weinen zumute; wegen Estelle und wegen sich selbst vor Jahren, als Scotty gestorben war. Sie versuchte, darüber nachzudenken, was sie tun sollte und wie sie Larry am besten verstecken konnte, Estelle trösten, Suzanne loswerden, allein Urlaub machen, ohne Freds Gefühle zu verletzen, und wie sie schließlich Larry wieder in seine Welt bringen konnte. Wenn ich es so mache, dachte sie, wird es wahrscheinlich eine Woche dauern, zwei Wochen, aber wenn ich es so anfange ... Sie vermochte keinen ihrer Gedanken für längere Zeit mit einem anderen zu verbinden. Am allerliebsten hätte sie geweint. Doch sie schlief ein, die Schulter an den Sitz gelehnt, den Kopf zum Fenster hin vorgebeugt. Nach etwa zwanzig Minuten wachte sie wieder auf und fuhr zurück zu Estelles Haus, wo ihr immer noch niemand öffnete.

7

Sie fuhr zurück nach Hause. Freds gemieteter Wagen stand draußen, und er war im Wohnzimmer. Er las Zeitung.

»Hast du gesehen?« fragte er, als sie an ihm vorbeiging. Er bog das Papier in ihre Richtung, um ihr zu zeigen, was er meinte, las aber weiter, ohne aufzublicken.

»Ich habe überhaupt nichts gesehen. Du hast die Zeitung mitgenommen, als du aus dem Haus gegangen bist. Ich habe nur kurz im Fernsehen was gesehen, aber sie haben keine Namen gebracht. War es Joey?«

»Sieht aus wie er. Überrascht mich nicht. Er war wahrscheinlich so weggetreten, daß ihn der Monstermann nur anstoßen mußte, und schon ist er umgekippt.«

»Warum nennst du ihn ein Monster?«

»Also, ein zweivierzig großer grüner Gorilla mit Schwimmfüßen und Glubschaugen – wie soll man so was nennen? Einen gut entwickelten Frosch? Ist jedenfalls nicht unbedingt ein Harvard-Typ.«

»Ich habe etliche Harvard- und andere Ivy-League-Typen getroffen, die man durchaus Monster nennen könnte. Und er hat auch keine Schwimmfüße, zumindest keine richtigen. Genau wie seine Hände. Sie sehen nur auf den ersten Blick so aus. Und er ist keine zweivierzig groß. Sondern nur knapp zwei Meter.«

»Woher weißt du das?«

»Hab ich im Fernsehen gesehen. Bilder, die sie von ihm gemacht haben, bevor er geflohen ist.«

»Stell dir vor, irgendeine Verrückte sammelt Unterschriften und behauptet, sie hätten das Monster unmenschlich behandelt und so weiter.«

»Sie hat recht. Haben sie auch.«

»Oh, ich bitte dich.«

»Wie würde es dir denn gefallen, wenn sie dich festbinden würden und mit Elektroschocks behandeln und du nur was zu essen bekämst, wenn sie der Meinung wären, du zeigtest dich bei einem ihrer schrecklichen Experimente kooperativ genug?«

»Du hörst dich genauso an wie diese Mrs. – wic ist ihr Name noch mal? – Mrs. Peach. Ihr beide solltet euch zusammentun.«

»Vielleicht.«

»Um die Wahrheit zu sagen, ich bin gar nicht so sicher, ob ich glaube, daß es jemals ein Monster gegeben hat. Ist möglicherweise nur ein armer Klon oder eine Kreuzung, an der sie in einem von ihren Laboratorien gearbeitet haben. Haben ihm

eine zu große Dosis von einem bestimmten Hormon gegeben, und daraufhin hat er verrückt gespielt oder so was.«
Sie aßen ruhig zu Abend und sprachen über Zukunftspläne. Fred war damit einverstanden, getrennt Urlaub zu machen. Dorothy merkte schon gleich zu Anfang, daß er eigentlich übers Kinderkriegen sprechen wollte, aber er traute sich nicht. Sie dachte: Er hofft tatsächlich, daß wir dahin zurückkönnen, wo wir mal waren, und glaubt, dann renkt sich alles von selbst wieder ein.
Um Mitternacht rief Estelle an. Sie klang sehr ruhig und müde. Der Zeitungsartikel stimmte, es war Joeys Bild gewesen, das sie im Fernsehen gebracht hatten. Dorothy wollte sie gleich sehen, aber Estelle sagte, nein, sie solle bis zum Nachmittag warten. »Der Mann vom Beerdigungsinstitut, du weißt schon ... «, erklärte sie.
Mr. Mendoza kam am nächsten Tag wieder vorbei. Sie arbeiteten im Garten und unterhielten sich über eine neue Rosenart, die für eine der europäischen Blumenmessen gezüchtet worden war: Es hieß, sie sei blau – nicht das blaßgraue oder fliederfarbene Blau, das man in jeder Gärtnerei bekam, sondern ein echtes, leuchtendes Königsblau, wie das Blau eines Siegerbandes.
»Da hätte ich wirklich gerne einen Ableger«, sagte er.
»Ist es tatsächlich so? Ich meine, könnte man da-

mit eine eigene Zucht anfangen? Es dauert eine ziemliche Zeit, bis man es weiß, nicht wahr?«

»Man muß nur warten und sehen, was passiert.«

Sie hörten zu spät zu arbeiten auf, als daß Mr. Mendoza noch auf ein Sandwich mit hätte hereinkommen können, also sagte Dorothy, daß sie sich wahrscheinlich ein paar Wochen nicht sehen würden. In den nächsten Tagen werde er bei anderen Leuten in der Nachbarschaft arbeiten, und dann, danach, sei sie im Urlaub. Er bat sie, sobald es feststehe, ihn genau wissen zu lassen, wann, denn dann wolle er zwischendurch mal vorbeikommen und nach dem Rechten sehen.

Sie aß ihr Mittagessen bei Larry im Zimmer. Sie schalteten den Fernsehapparat nur für ein paar Minuten ein, um die Nachrichten zu sehen. Mrs. Peach, die mit ihrer kurzen Dauerwelle, einer besonders starken Brille und ihrem brav-sittsamen, aber festen Gesichtsausdruck aussah wie die Karikatur einer Tierversuchsgegnerin, hielt eine kurze Rede, die Dorothy sehr vernünftig vorkam. Sie verwies auf die Tatsache, daß das sogenannte Monster mehrere Monate in Gefangenschaft gehalten worden sei, isoliert von der eigenen Art, ein bloßes Forschungs- und Versuchsobjekt für die Wissenschaft. Die allgemeine Öffentlichkeit habe nie erfahren, um was für eine Art Wesen es sich gehandelt habe. Darüber hinaus stellte sie fest, daß bis zur Gefangennahme dieses Wesens der

Wissenschaft seine Spezies noch vollkommen unbekannt gewesen sei. Die Frage der Menschenrechte, oder eben der Rechte im allgemeinen, sei in diesem Fall genauso wichtig wie bei einem Wesen von einem anderen Stern.

Dorothy sagte: »Wenn Sie damit nur schon gleich zu Anfang an die Öffentlichkeit gegangen wäre. Es ist gut, aber es kommt ein wenig spät.«

»Es ist alles zu spät, ich kann es fühlen. Vorher hab ich's nur befürchtet, aber jetzt bin ich mir sicher. Die Leute haben mittlerweile viel zuviel Angst. Und auf eine Weise macht es mich sogar froh. Denn wenn sie mich jetzt fangen, werden sie gar nicht erst versuchen, mich zu fesseln oder außer Gefecht zu setzen, um mich zurück ins Institut zu bringen. Sie werden mich ganz einfach zu Brei schlagen und sagen, ich hätte versucht, sie zu fressen. Selbst wenn ich mich ihnen stellen würde, wäre es zu spät. Hast du bemerkt – sie nennen mich nur noch ›den Killer‹?«

»Ja, ich weiß.«

»Es ist gut so. Mir ist alles recht, wenn ich nur nicht zurück ins Institut muß.«

Es wurde Nachmittag. Dorothy war nicht darauf vorbereitet, Estelle nüchtern anzutreffen, aber wie sich herausstellte, sah es nicht einmal so aus, als hätte sie geweint – was schlimmer war: sie schien eine andere zu sein. Sie war sehr ruhig, und von Zeit zu Zeit seufzte sie ausgiebig. Sie vergaß, wo

Dinge waren, die sie einen Moment vorher noch in Händen gehalten hatte, und sie sprach mit ruhiger, monotoner Stimme über die Vorbereitungen für das Begräbnis und über die anderen Eltern. Natürlich, dachte Dorothy, es waren ja fünf. Es würde ein Gemeinschaftsbegräbnis werden. Ein großer Tag für die Presse.

»Ich glaube, Sandra nimmt es sehr schwer. Du weißt ja, wir sind in letzter Zeit nicht gerade gut miteinander ausgekommen. Sie hat sich diesem Mann an den Hals geworfen, den ich ... nur um mich zu verletzen, aber das ist jetzt vorbei. Für mich sowieso. Sie wird damit anfangen müssen, für sich selbst herauszufinden, was richtig ist und was nicht. Ich kann dir nicht sagen, wie leer mir das Haus vorkommt, Dotty.«

»Ja, ich weiß. Genauso war es auch bei Scotty. Sein Spielzeug, seine Kleider. Ganz zu Anfang glaubte ich noch überall seine Stimme zu hören, meist aus einem anderen Zimmer, und ich stand auf und ging hin – du weißt schon, im Glauben, nichts von all dem sei passiert. Und dann wurde mir die Wahrheit immer wieder neu bewußt.«

Estelle nickte langsam. Ihr Gesicht bestand nur aus seinen Umrissen, war ohne jeden Ausdruck.

»Estelle, hat dir der Doktor irgendwelche Tabletten oder sonst etwas gegeben?«

»Hast du jemals von einem Doktor gehört, der nicht versucht hätte, dich mit Medikamenten vollzustopfen? Ich bin nicht krank. Man hat mich beraubt. Und ich brauche all meine Energie, um damit fertigzuwerden. Wenn ich mich mit Medikamenten vollpumpen ließe, wär ich mit meiner Kraft schnell am Ende, oder?«

»Ja, natürlich. Das war einer der größten Fehler, den sie mit mir gemacht haben.«

»Ich weiß. Ich habe es dir damals gesagt.«

»Was mir mit am meisten geholfen hat, waren meine Gespräche mit dir. Und arbeiten zu gehen. Hast du überhaupt nicht weinen können?«

»Ich habe versucht, es nicht zu tun. Zumindest glaube ich, daß es so ist.«

»Es könnte helfen.«

»Ich fürchte, ich würde nicht wieder aufhören. Erinnere dich doch, wie es dir gegangen ist. Sie hatten dich beinahe schon in der Klapsmühle. Und wenn du erst einmal wirklich hilflos bist, kommt einer dieser Bastarde mit einer Spritze, und vor deinem Leben fällt der Vorhang. Sie behalten dich da und verabreichen dir jeden Tag massive Dosen Beruhigungsmittel, weil sie sich dann viel leichter um dich kümmern können. Und damit ist dein Denken fast völlig ausgeschaltet. Keine Chance mehr, deinen Weg aus all den Schwierigkeiten zu finden. Nie.«

Dorothy sagte, sie stimme ihr zu. Estelle hatte schon immer so über Ärzte gedacht, wobei sie vor allem die Männer unter ihnen meinte – die Frauen waren offensichtlich nicht so schlecht. Dorothy war völlig anderer Meinung gewesen, bis sie selbst in Schwierigkeiten geraten war. Zweimal hatte sie wegen einer kleineren Operation ins Krankenhaus gemußt, und dann noch einmal wegen Scotty, und hatte alle für so freundlich und nett gehalten. Trotz der Langeweile des ständigen Wartens hatte sie es genossen, hinter die Kulissen einer neuen Welt zu blicken. Sie hatte es als angenehm empfunden, daß man nichts von ihr erwartete, nichts, was sie tat, konnte ein Fehler sein, ein Versäumnis oder irgend etwas anderes, wegen dem sie sich schuldig fühlen mußte. Es war wundervoll, hatte sie gedacht, da gab es Fachleute, die ihre Zeit und Kraft ganz einer solch anspruchsvollen Aufgabe verschrieben und die einen wieder in Ordnung brachten, wenn man in ernsthafte Schwierigkeiten geraten war – wenn man sich etwas gebrochen, sich geschnitten oder sonstwie verletzt hatte, oder wenn man innerlich durcheinandergeraten war. Erst später trug das wachsende Bewußtsein ihrer Hilflosigkeit zu der Gewißheit bei, daß Schwestern und Ärzte, ja letztlich die ganze Idee der Medizin aus ihr ein Opfer gemacht hatten. Sie hatten ihr keine Heilung gebracht. Sie hatten ihr den Tod gebracht, und zwar dort, wo sie sicher war, daß er hätte vermieden werden können. Ihr Hausarzt war noch in Ordnung, schließlich besaß sie eine Waffe gegen ihn: Sie konnte einfach nicht hingehen und anrufen, um zu sagen, sie fühle sich gut. Aber Krankenhäuser – wann immer sie heute an sie dachte, fühlte sie sich wie ein Opferbündel auf einem steinernen Tisch, und die Priester flüsterten sich über ihrem Kopf einzelne Worte zu.

»Drogen«, sagte Estelle. »Geld und Drogen, das ist die Geschichte der Zivilisation.«

Dorothy fragte sich, ob Estelle immer noch über Ärzte sprach oder ob sich herausgestellt hatte, daß Joey Drogen genommen hatte. Sie wollte das Thema aber nicht von sich aus anschneiden. Sie fragte, wann denn das Begräbnis stattfinden solle. Estelle seufzte tief.

»Hör zu, bitte sei nicht böse, aber ich möchte wirklich nicht, daß irgend jemand kommt. Ich glaube, allein stehe ich's durch – gerade so. Aber schon ein Fitzel Wirklichkeit würde mich zusammenbrechen lassen. Du mußt wissen, es wird ein einziges Medienspektakel werden. Fernsehen, alles ... Drei der Familien haben der Presse bereits die Serienrechte an der Geschichte verkauft, und du solltest sie sehen. Solche Leute sind dir noch nicht begegnet.«

»Hast du sie vorher nicht gekannt?«

»Natürlich nicht.«

»Aber du kanntest die Jungs?«

»Nein. Es waren einfach ein paar Rowdys, mit denen Joey zusammenhing, wenn er versuchte, den harten Burschen zu markieren. Weiß der Himmel, was sie vorhatten. Fernseher, Stereoanlagen,

Autoradios klauen und verkaufen – wer weiß? War genau diese Sorte.«

»Meinst du, sie haben diesen Mann, oder Monster oder was immer, provoziert? Daß sie zusammen auf ihn los sind?«

»Monster? Oh, Dorothy, ich glaub nicht, daß so was überhaupt existiert. Irgendein komisches Krokodil hat sich auf die Hinterbeine gestellt und ist aus diesem Institut ausgebrochen, aber das arme Viech ist längst tot, darauf kannst du wetten. Oder zurück zum Strand gekrochen und davongeschwommen.«

»Und was glaubst du, was passiert ist?«

»Mein Gott, was weiß ich für eine andere Bande, und sie lassen nichts drüber raus.«

»Es gibt Leute, die sagen, sie haben ihn gesehen.«

»Aber sicher gibt es die. Und welche, die Moby Dick am Times Square getroffen haben. Für mich hört sich das alles wie eine Riesenschlägerei an. Alle hatten sie Flaschen und Messer. Wenn es also nur einer war, dann muß es ein absoluter Karatechampion gewesen sein. Ist natürlich auch möglich.«

Dorothy schenkte Estelle und sich noch ein zweite Tasse Kaffee ein. Es ist alles mein Fehler, dachte sie. Ich hab ihn versteckt, und jetzt ist das hier passiert. Hätte ich ihn gleich zu einem guten Anwalt gebracht, hätten wir schon einen Weg gefunden. Daß er die beiden Wärter aus Notwehr umgebracht hat, oder so was.

Estelle starrte in ihre Tasse. Sie rührte den Kaffee mit ihrem Löffel um, obwohl sie nichts hineingetan hatte.
»Charlie und Stan haben angerufen«, sagte sie, »war lieb von ihnen.«
»Wirklich nett. Also trägst du's ihnen nicht mehr nach, daß sie mit diesen Mädchen auf der Kleiderschau waren.«
»Ach, das. Unwichtig.«
»Und wegen wem von den beiden hat Sandra das ganze Theater veranstaltet?«
»Das war jemand anders.«
»Mein Gott, Estelle, du hast einen neuen?«
»Nicht neu. Alt. Ich hatte ihn schon vor Stan und Charlie. Über Jahre. Ich hab deswegen immer ein schlechtes Gewissen gehabt, aber ich konnte einfach nicht Schluß machen, und dann glaube ich, ich wollte auch nicht, daß es aufhörte. Aber das ist vorbei. Und in Ordnung. Laß uns nicht darüber reden.«
»Verhält sich Sandra dir gegenüber jetzt anders? Ich meine, hat euch die Sache mit Joey näher zusammengebracht?«
»Überhaupt nicht. Ich weiß nicht einmal, ob sie sich die Mühe machen wird, auf der Beerdigung zu erscheinen. Und so wie ich mich im Moment fühle, hab ich auch kein großes Bedürfnis, daß sie kommt.«
Die elektrische Wanduhr klickte, wie sie es manchmal tat, wenn der Minutenzeiger eins weiter-

sprang. Dorothy sagte: »Wenn ich irgendwas tun kann. Du weißt Bescheid. Ich überlaß es dir, mich anzurufen, aber wenn du dich ein paar Tage nicht meldest, probier ich es. In Ordnung?«

»Ja, sicher. Danke, Dotty.«

»Iß weiter die richtigen Dinge und laß dir von denen keine Tabletten verpassen, und nimm auch kein anderes Beruhigungsmittel.«

»Das Mädel meint Flüssiges. Endlich rückt sie damit raus.«

»Und ich meine es ernst.«

»Ich möchte weg von allem. Einfach allem.«

»Ist vielleicht gar keine schlechte Idee. Nach der Beerdigung könntest du deine Koffer packen, und ich paß für dich auf das Haus auf. Denk darüber nach. Bist du sicher, daß ich nicht dabeisein soll, wenn . . . ?«

»Ja. Danke.«

Dorothy stand auf. Sie sagte: »Solltest du es dir anders überlegen oder das Gefühl haben, mit jemandem reden zu müssen, wann immer, ruf einfach an oder komm vorbei.« Sie küßte Estelle auf die Wange und ging.

Auf dem Weg nach Hause dachte sie daran, daß Estelle niemals ohne Vorwarnung einfach vorbeikommen würde, genausowenig wie sie selbst. Ihr Angebot war nicht gerade ein Zeichen besonderer Freundschaft gewesen: Ruf an, wenn du Hilfe brauchst, wann immer du magst, zwischen vier und sechs, aber nur, wenn ich wahrscheinlich nicht gerade mit jemandem im Schlafzimmer bin, und auf keinen Fall vor dem Zwölften.

Und wenn ich ihn nicht versteckt hätte, dachte sie wieder, wäre das alles nicht passiert.

Ungefähr zehn Blocks vor ihrem Haus stellte sie fest, daß sie direkt hinter Fred mit seinem Mietwagen herfuhr. Er schien nicht zu bemerken, daß sie hinter ihm war. Wo sie beide normalerweise nach links abbogen, fuhr er weiter geradeaus, dann rechts. Sie folgte ihm.

Sie folgte ihm etwas mehr als zehn Minuten. In einer Straße wie der, in der sie selbst wohnten, fuhr er mit zwei Rädern auf den Gehsteig, stieg aus und klingelte an einer Haustür. Dorothy konnte nicht erkennen, wer ihn hineinließ. Sie wartete ein paar Minuten, nicht lange, dann kam er wieder heraus, setzte sich in seinen Wagen und fuhr davon. Er hatte etwas in der Hand gehalten – eine Aktenmappe oder etwas ähnliches. Also war es um Geschäftliches gegangen, nicht ums Vergnügen.

Sie fuhr auf einem anderen Weg nach Hause, und als sie daheim ankam, stand sein Wagen schon vor der Tür. Fred hatte es wieder eilig und band sich schnell noch eine Krawatte um.

»Wo mußt du hin?«

»Nur ein paar Leute besuchen. Ich glaube nicht, daß es sehr lange dauert.«

»Sie brauchen dich mit Krawatte?«

»Macht einen guten Eindruck.«
»Heutzutage?«
»Sie sind diese Art Leute.«
»Laß mich dir helfen«, sagte Dorothy.
»Wann war das noch, als es mir einfach nicht gelingen wollte, die Krawatte mit verbundenen Augen umzubinden? Damals bei der Schulaufführung, erinnerst du dich?«
»Hast du überhaupt schon etwas gegessen?«
»Ich besorg mir unterwegs was.«
Im letzten Augenblick drehte er sich noch einmal um und küßte sie auf die Wange, schnell und wie in Panik. Dann war er auch schon aus der Tür.
Dorothy ging zurück in die Küche. Sie setzte sich an den Tisch und versuchte nachzudenken. Die ganze Fahrt über war sie aufgeregt gewesen. Sie hatte erwartet, etwas herauszufinden, möglicherweise über eine Frau. Aber da war nichts gewesen. Das Haus gehörte wahrscheinlich Art Gruber oder jemandem wie ihm, der aus Versehen einen Bericht aus dem Büro mit nach Hause genommen hatte. Trotzdem fühlte sie sich im Stich gelassen.
Larry kam und stellte sich neben sie. Es war das erstemal, daß er tagsüber von sich aus sein Zimmer verlassen und nicht gewartet hatte, bis sie ihm sagte, daß alles in Ordnung war.
»Du solltest nicht so einfach aus deinem Zimmer herauskommen«, sagte sie.
»Ich habe gehört, daß er weg ist.«

»Und wenn das Licht an wäre und die Vorhänge nicht zu, nur die Gardinen? Dann könnte man dich von draußen erkennen.«

»Ich habe gesehen, daß kein Licht brannte.« Er setzte sich auf den Stuhl ihr gegenüber und nahm ihre Hand.

Dorothy lächelte. Wann immer er ihre Hand nahm, machte es sie glücklich. Schon beim allerersten Mal, als er in die Küche gekommen war und sie ihm den Sellerie hingehalten hatte, hatte sie eine Ahnung dieses Gefühls verspürt. Sie lächelte, doch sie dachte: Er entscheidet jetzt selbst, was er tut – und vermeidet nicht länger jedes Risiko.

»Du bist traurig«, sagte er.

Sie nickte. Sie erzählte ihm von Estelle. »Und dann diese Geschichte mit der Beerdigung. Wahrscheinlich können wir sie uns im Fernsehen ansehen. Es wird schrecklich werden.«

»Es würde mich sehr interessieren. Du sprichst so viel von deiner Freundin Estelle.«

»Danach wird's wirklich schwierig für dich werden. Ich glaube nicht, daß es noch länger sicher für dich ist, nachts das Haus zu verlassen, so wie du es die ganze Zeit getan hast. Vielleicht rechnet niemand damit, dich hinter dem Steuer eines Autos zu entdecken, aber sobald es jemand tut, wird der Teufel los sein. Wenn eine Sache erst mal in der Luft liegt, hat jeder was gesehen, selbst wenn's gar nichts zu sehen gab. Es beeinflußt die Leute. Wie bei fliegenden Untertassen: Wenn erst einer eine große Geschichte zu erzählen hat, sind es bald schon ein halbes Dutzend. Das bedeutet allerdings nicht notwendigerweise, daß sie auf keinen Fall wirklich was gesehen haben – es bedeutet lediglich, daß die Leute darauf vorbereitet sind, alles, aber auch alles zu bemerken. Ohne das fällt ihnen tatsächlich nicht viel auf.«

»Du mußt entscheiden«, sagte er. Dorothy fühlte sich erleichtert. Wenn er auf eigene Faust handeln wollte, würde es nichts mehr geben, was sie tun könnte. Und da war noch etwas anderes: Wenn er jetzt von Fred sprach, spürte sie eine Veränderung in seiner Stimme. Möglicherweise lag es ganz einfach daran, daß er eifersüchtig war, daß er Fred verletzen wollte. Er wußte, wie leicht es war, jemanden zu verletzen, und ganz sicher hatte er Grund genug, sich an den Menschen rächen zu wollen.

Sie sagte: »Ich denke, wir müssen früher als geplant fahren. Schon sehr bald. Ich werde mir die Sache überlegen. In der Zwischenzeit wird es besser sein, im Haus zu bleiben.«

»Nein, laß uns hinausgehen, bitte. Ich möchte in den Gärten über das Gras gehen und die Blumenbeete anschauen. Bitte. Wir könnten wieder zu der Stelle mit den Stühlen und den Stockbüschen gehen.«

»Dem Bambus. Aber das wäre ein großes Risiko.«

»Es macht mich krank, wenn ich nicht raus kann. Ich weiß es.«

Das Telefon klingelte. Jeanie Cranston rief an, um Dorothy zu fragen, ob sie wisse, was mit Estelle sei, offensichtlich habe sie den Hörer vom Telefon genommen, die Türen seien verschlossen und die Vorhänge zugezogen. Was Jeanie wirklich wissen wollte, war, wie sie, Jeanie, auf die Sache reagieren sollte – sollte sie einen Brief schicken, ein Telegramm, oder Blumen? Dorothy riet ihr, einen Zettel unter der Tür durchzuschieben, wenn sie etwas tun wolle, nicht zur Beerdigung zu gehen und darauf zu warten, daß Estelle sich bei ihr meldete.

Dorothy und Larry aßen früh zu Abend. Für den Kaffee ließen sie sich weit länger Zeit als sonst. Er wollte alles über die Cranstons wissen. Je mehr Dorothy ihm erzählte, desto gefesselter schien er zu sein. Was ihn beeindruckte und am meisten interessierte, war die Tatsache, daß, obwohl Dorothy und Estelle von den Cranstons als von »Freunden« sprachen, beide im Grunde weder ihn noch sie mochten.

»Ist das normal?« fragte er. Nachdem sie eine Weile darüber nachgedacht hatte, sagte Dorothy, ja, wahrscheinlich sei es das.

Sie willigte ein, mit ihm zum Bambushain zu gehen. Während sie das Geschirr spülten, fragte sie: »Wenn du zurück zu dir nach Hause kommst, werden die anderen dann denken, daß du dich sehr verändert hast? Ich meine, weil du all diese Dinge interessant findest: die Cranstons und so weiter. Werden sie denken, daß du dich zum Besseren verändert hast, oder einfach, daß du nicht mehr normal bist?«

»Es ist anders«, sagte er. »Sie werden ganz nahe an mich herankommen, um es herauszufinden. Es ist wie ein Geruch. Das Wichtige ist, daß sie noch wissen, wer ich bin. Und ich glaube, das werden sie.«

»Wenn du lange wegbleiben würdest, würden sie dich dann möglicherweise nicht mehr wiedererkennen?«

»Es könnten auch noch andere Dinge geschehen. Meine Fähigkeiten könnten mich verlassen. Zu schwimmen, unter Wasser zu bleiben. Ich esse andere Dinge hier oben. Mein Leben ist anders, die Art, wie ich die Nahrung verwerte – wie ist noch das Wort dafür?«

»Stoffwechsel. Über eine lange Zeit hin würde er sich vielleicht verändern.« Und, dachte sie wieder, es bestand die Möglichkeit, daß er sich mit einer menschlichen Krankheit infizierte. Sie sagte nichts, wunderte sich aber darüber, daß ihm der Gedanke noch nicht gekommen war.

Es war noch hell, als sie vorsichtig den Wagen aus der Garage, über die Einfahrt und auf die Straße fuhr. Die Nacht war wunderschön, warm, voller Hoffnung und Romantik wie in ihren Jungmädchenträumen, und wie es ihr und allen anderen, damals wie auch heute noch, in der Werbung immer wieder versprochen wurde.

»Du fährst sehr langsam«, flüsterte Larry vom Rücksitz.

»Es ist so schön draußen. Und es ist immer noch hell. Sollen wir nicht doch einen kurzen Abstecher zum Strand machen?«

»Nein, zu der Stelle mit dem Bambus.«

»Aber dann werden wir noch so lange herumfahren müssen, bis es dunkler wird.«

»In Ordnung. Zum Strand.«

Dorothy steuerte den Wagen zur gewohnten Stelle. Sie lehnte den Kopf zurück. Larry fuhr ihr mit der Hand durchs Haar, dann stieg er aus und setzte sich neben sie nach vorn.

»Du weißt, wenn etwas passiert«, sagte sie, »wenn wir getrennt werden sollten oder wenn etwas schiefgeht . . .«

»Was?«

»Nicht, daß es tatsächlich so kommen wird . . . es könnte aber trotzdem eine gute Idee sein, wenn wir verabredeten, uns hier wieder zu treffen. Du hättest den Ozean gleich dort drüben, also könntest du dich eine Zeitlang versteckt halten, oder?«

»Ja, sicher. Eine lange Zeit. Monate.«

»Richtig. Und ich würde etwa so um diese Uhrzeit herkommen, vielleicht später. Du würdest das Auto hören und die Lichter sehen, wenn du an den Strand kämst.«

»Ich werde daran denken.«
Sie fuhren in die Straße mit dem Bambushain, parkten und stiegen aus. Sie liefen quer über den Hof des Nachbargrundstücks und blieben im Schatten eines Baumes stehen.
»Larry, ich hab ein komisches Gefühl.«
»Sehr viele Leute.«
»Und auf der Straße stehen sehr viele Autos. Irgendwo hier in der Nähe muß es eine Party geben. Das macht die Sache ziemlich riskant.«
»Schon gut. Sie werden mit Trinken beschäftigt sein.« Er nahm sie bei der Hand und führte sie durch die sanfte Abendluft weiter auf sein Ziel zu. Sie liefen über die warmen Rasenflächen wie die Collegepärchen, die sie in ihrer Jugend mit ihrer Schulfreundin Joan verfolgt hatte. An Abenden, so vollkommen wie dieser es war, waren sie turtelnden Pärchen hinterhergeschlichen, mehrere Häuser weit, Querstraße um Querstraße, von einem Viertel ins nächste, hatten sich gefragt, ob die Jungverliebten wirklich ineinander verliebt waren, was sie tatsächlich miteinander machten – und ob sie wohl selbst einmal so mit einem Mann spazierengehen würden.
»Stimmen«, sagte Larry.
Für ein paar Momente hörte Dorothy nichts. Dann wehte das Geräusch eines Gesprächs zu ihr herüber, so flüchtig wie die vom Wind herangetra-

genen Düfte blühender Bäume im Frühling. Schien es gerade noch aus allen Richtungen zu kommen, war es im nächsten Augenblick plötzlich wieder verschwunden.
»Wo, glaubst du, sind sie?« flüsterte sie. Instinktiv war sie in Kauerstellung gegangen.
»Es hört sich so an, als wären sie da, wo wir das letztemal gewesen sind. Das große Haus mit dem Garten und dem Bambus.«
»Dann sollten wir wieder gehen.«
»Nein, laß uns nachsehen.« Er zog sie an der Hand hinter sich her. Das Summen der Stimmen wurde klarer, lauter und war zuletzt klar auszumachen. Bald war es so laut und so deutlich, daß Dorothy ganze Sätze unterscheiden konnte, die sich aus dem Gewirr abhoben. Wie Leute doch aufeinander einredeten und jauchzten, wenn sie zusammenkamen, und durchsetzt wurde das alles von Explosionen von Gelächter oder Protest, meist standen drei bis acht Personen beieinander. Die verschiedensten Rhythmen jagten einander und hasteten durch das Auf und Ab, das Fließen und Strömen der Geräusche.
»Ist es unten im Meer ähnlich?« flüsterte sie. »All die sich verändernden Geräusche?«
»Nein. Überhaupt nicht. Aber der Gedanke gefällt mir.«
Dorothy legte ihren Kopf an seine Schulter und küßte ihn. Sie hielt noch immer seine Hand.

»Laß uns den Platz mit dem Bambus und den Gartenmöbeln suchen«, schlug er vor.
»Zu gefährlich.«
»Nur um zu sehen, ob wir da außer Sicht wären.«
»Nun ...«
»Du könntest dich unter die Leute mischen und uns etwas zu trinken und zu essen holen.«
Dorothy fing an zu kichern. Sie folgte ihm, durchzuckt von krampfhaft unterdrücktem Lachen. Larry ging voraus, ihre Hand fest umschlossen. Die andere hielt sie sich vor den Mund.
Als sie sich dem Bambushain näherten, nahm das Licht ab, und auch der Lärm. Dorothys Kichern hörte plötzlich auf. Sie spürte eine Veränderung, subtiler als das Drohen einer Gefahr, aber ebenso nachdrücklich. Es war die Art Gefühl, die ein unerwarteter Temperaturwechsel hervorrufen kann. Sie drückte Larrys Hand.
Er blieb vor ihr stehen und rührte sich nicht. Sie lauschten dem fernen Summen der Party, dem nahen Rauschen des Bambus, und dann hörten sie ein schwaches Stöhnen. Dorothy hatte Angst. Da drüben im Schatten hatte sich jemand verletzt, aber, wer auch immer es war, sie konnten ihm nicht helfen, ohne sich selbst zu verraten.
Larry tat einen Schritt nach vorn. Er schien weitergehen zu wollen, ob sie mit ihm kam oder nicht. Er ließ ihre Hand los.
Sie stürzte hinter ihm her. Und auf einmal hatten

sich ihre Augen an das veränderte Licht gewöhnt. Im Grunde war es nicht wirklich dunkel. Auf jeden Fall war es hell genug, um die beiden zu sehen – der Mann noch fast vollkommen angezogen, das Mädchen nackt –, die Auge in Auge die Gartenbank so athletisch und ekstatisch benutzten, daß Dorothys erster Gedanke, bevor ihr bewußt wurde, was da tatsächlich passierte, der war, die beiden seien in einer Art fieberndem Wettbewerb oder Spiel verfangen. Das Mädchen war Estelles Tochter Sandra.

»Gehen wir«, sagte Dorothy und drängte zurück.

»Nein«, flüsterte Larry, »laß uns zusehen.«

»Bitte«, sagte sie, »es ist mein Mann.« Sie drehte sich um und tappte durch den Bambus.

Ja, dachte sie, und ich habe ihm angeboten, ihm die Krawatte zu binden, die er immer noch trägt. Dabei versteht er es selbst ganz ausgezeichnet. Er hat es ja selbst gesagt. In der High-School hatte er einmal in einem Theaterstück mitgespielt, in dem er sich vorm Publikum die Krawatte binden mußte, ganz so, als stände er vor einem Spiegel: erst das eine Ende zu lang, dann das andere, und so immer hin und her, bis es schließlich klappte. Noch vor Jahren hatte er es auf allen möglichen Cocktailpartys vorgeführt. Es sah sehr komisch aus.

Eilig lief sie zurück über die Rasenflächen. Rundum war es dunkler geworden, und es gelang

ihr gerade noch, den Wagen auszumachen, als Larry sie einholte.
»Warte, laß mich nicht allein«, sagte er. Seine Stimme klang fremd. Dorothy hatte eine unbestimmte Panik befallen. Sie griff nach seiner Hand und rannte. Jetzt war sie es, die ihn zog. Schnell stiegen sie in den Wagen und schlugen die Türen zu.
Sie war schon auf einem der großen Highways, als sie sich plötzlich daran erinnerte, was Estelle ihr gesagt hatte: daß der ältere verheiratete Mann, den Sandra sich ausgesucht hatte, vorher jahrelang ihr eigener Liebhaber gewesen war.
Sie schluchzte ein paarmal und trat fester aufs Gaspedal. Larry hievte sich vom Rücksitz nach vorn.
»Wir fahren sehr schnell.«
»Es tut mir leid.« Sie verlangsamte die Fahrt. Als sie eine Stelle sah, an der man anhalten konnte, fuhr sie rechts ran.
»Ich bin völlig durcheinander. Ich weiß nicht, was ich tun soll«, sagte sie. Larry verschwand wieder auf der Rückbank.
»Da kommt ein Auto von hinten heran.«
»Es ist Fred«, rief Dorothy. Sie sah den Wagen im Rückspiegel und konnte ihn erkennen, und sie sah auch, daß er Sandra bei sich hatte. »Mit diesem Mädchen.«
»Glaubst du, er hat mich gesehen?«
»Ich weiß nicht.« Dorothy trat das Gaspedal durch und steuerte den Wagen mit heulenden Rei-

fen zurück auf die Straße. Drei andere Wagen wichen aus, um sie in den Verkehrsfluß hereinzulassen. Die Leute hupten sie an.

»Ich kann es nicht zulassen, daß er mich erwischt«, erklärte sie. Der eigentliche Grund war, daß sie im Moment nicht mit ihm sprechen, ihn nicht sehen oder auch nur an ihn denken wollte, und kaum hatte sie die Worte ausgesprochen, wurde ihr klar, daß es darüber hinaus noch einen anderen Grund gab. »Wenn wir anhalten, werden sie dich sehen.«

»Ich kann ihn für dich töten, und alles ist in Ordnung.«

»Nein, nein, nein. Ist schon gut. Ich hoffe nur, die Polizei macht gerade keine Kontrollen.«

Freds Wagen folgte ihnen. Jeden Schlenker, den Dorothy machte, machte auch er. Sie dachte: Und im übrigen, wie kommen wir jetzt über die Grenze?

»Ich glaube, wir fahren am besten die Küste runter. Dann kannst du einen Bogen bis südlich hinter die Grenze schwimmen, und da treffen wir uns wieder.«

Plötzlich schoß der Mietwagen nach vorn. Sie fuhren jetzt gleichauf. Ohne ein Lächeln sah sie in Sandras schreckensbleiches Gesicht. Das Mädchen weinte. Neben ihr beugte sich Fred über das Steuer. Er sah angespannt und verzweifelt aus. Sogar von Dorothys Sitz aus schienen seine Augen aus nichts als Pupillen zu bestehen. Larry saß völ-

lig aufgerichtet neben ihr. Sie mußten ihn beide gesehen haben. Fred fing an zu versuchen, ihren Wagen von der Straße abzudrängen.
Dorothy trat noch fester aufs Gas. Sie begann ihm davonzuziehen. Und jetzt kämpfte Sandra mit Fred um das Steuer. Plötzlich hörten sie ein lautes Krachen. Später fand Dorothy heraus, daß noch ein anderer Wagen hinter ihnen gewesen sein mußte, der versucht hatte, Fred zu überholen. Hinter Dorothy und Larry rammten die beiden Wagen ineinander, trennten sich, krachten erneut zusammen und überschlugen sich, und Freds Wagen, in dem Sandra – wie es hinterher hieß – das Steuer herumriß, schleuderte herum und über den Mittelstreifen in den entgegenkommenden Verkehr. In all dem wilden Lärm berstenden und zerreißenden Metalls um sie herum geriet auch Dorothy mit einem Aufschrei ins Schleudern, schlingerte Meter nach links, dann nach rechts, prallte gegen die Leitplanke und kam schließlich zum Stehen. Im Spiegel sah sie zwei Wagen, die in Flammen aufgingen.
»Fahr weiter«, sagte Larry.
»Ich kann nicht. Ich laß dich hier allein. Es ist dunkel. Und wir sind nicht weit weg von der See. Glaubst du, du kannst es schaffen?«
»Es gefällt mir nicht.«
»Mir auch nicht, aber es geht nicht anders. Denk daran, wir treffen uns am Strand. Hast du deine Sandalen dabei?«

Sie gab ihm einen Abschiedskuß. Tränen liefen ihr über die Wangen. Er zog seine Sandalen an, stieg aus dem Wagen und sah nach links und rechts. Es bestand kein Grund zur Vorsicht. Alle beachteten sie nur die brennenden Autowracks auf der Straße.
Dorothy startete den Wagen und fuhr eine Zeitlang weiter vom Unfall weg, wobei sie nach einen Platz zum Wenden Ausschau hielt, bis ihr klar wurde, daß sie niemals fähig sein würde, auch nur in die Nähe von Freds Wagen zu gehen. Auf der anderen Seite des Freeway bildete sich ein Stau. Wagen scherten aus der Schlange, wo immer sie konnten, und drehten um. Wenn sie sich die Zeit genommen hätte nachzudenken, hätte sie Larry im Wagen behalten und mit sich zurücknehmen können. Sie hätte ihn sogar im Haus behalten können. Endlos.
Um sie herum hupte es wieder. Sie beschleunigte und fuhr nach Hause.
Als sie die Tür öffnete, kam ihr das Haus so vor, als hätte sie es nie gesehen. Es schien weder ihr zu gehören, noch das Zuhause von irgend jemand sonst zu sein. Es war seltsam anzunehmen, daß jemals Menschen, lebendige Menschen, ihr Leben darin hatten zubringen können. Der Anblick, das Schweigen – alles war so anders, so verschieden von dem Haus, durch das sie sich so viele Jahre ihres Lebens bewegt hatte, daß sie dachte, sie hätte

die Änderung auch bemerkt, wenn sie in diesem Moment lediglich vom Einkaufen zurückgekommen und nicht Zeuge dieses Unfalls gewesen wäre – sicher hätte sie es bemerkt.
Sie setzte sich auf einen Stuhl und wartete. Sie war schon gut drei Stunden zu Hause, als schließlich die Polizei anrief.
Als sie in die Stadt fuhr, um seinen Leichnam zu identifizieren, traf sie Estelle auf dem Korridor. Sie sah aus wie eine Schlafwandlerin. Mit einem müden Flüstern sagte sie zu Dorothy: »Du hast mich getötet. Über Jahre haben wir es vor dir verheimlicht, um dir nicht weh zu tun. Wir hätten glücklich sein können, wärst du nicht gewesen. Aber du zerstörst alles um dich herum. Jetzt geht es mir genau wie dir. Auch mit den Kindern. Das ist es doch, was du wolltest, oder?«
Dorothy schüttelte den Kopf. »Es lag nicht an mir«, sagte sie und ging in die Halle hinunter. Sie erinnerte sich, daß Estelle ihr einmal – wann genau, wußte sie nicht mehr – gesagt hatte, sie, Dorothy, verstehe nicht, was es bedeute zu begehren. Und mittlerweile wollte sie es auch nicht mehr verstehen, oder irgend etwas anderes sonst. Sie hatte aufgehört, Mitleid oder Sympathie für andere Menschen zu empfinden. Ein Betrug deckte einen anderen. Sie war nicht länger bereit zu vergeben. Nur der Zettel, den Mr. Mendoza ihr unter der Tür durchgeschoben hatte, bewegte sie.

Suzanne kam natürlich zur Beerdigung. Sie brachte ihren Mann und ihre Kinder mit. Dorothy rief den Arzt an und bat ihn zu sagen, Suzanne und ihre Familie müßten in einem Motel übernachten, denn ein Haus voller Familie würde bei Dorothy fraglos zu einem Nervenzusammenbruch führen. Tatsächlich schien er selbst daran zu glauben. Und da er darüber hinaus sehr praktisch veranlagt war, versorgte er sie mit einer Menge Pillen, gerade so vielen, daß es sie nicht umbringen würde, sollte sie alle auf einmal nehmen.

Sie fuhr jeden Abend zum Strand. Er kam nicht. Manchmal fragte sie sich, ob er vielleicht gesehen hatte, daß sie nicht umgekehrt, sondern weiter geradeaus gefahren war, und jetzt annahm, sie habe die Gelegenheit wahrgenommen, um ihn loszuwerden. Aber das konnte er einfach nicht glauben, sicher nicht. Er würde den Verkehr bemerkt haben. Und doch kam er nicht. Wenn sie ihn gefaßt hätten, so hätte es in der Zeitung gestanden, oder sie hätten es in den Nachrichten gebracht. Wenn ihm etwas zugestoßen oder er getötet worden wäre, wäre es das gleiche gewesen. Das alles konnte nur bedeuten, daß es einen anderen Grund gab, aus dem es ihm nicht möglich war zu kommen. Entweder war ihm draußen im Ozean etwas passiert, vielleicht war er sogar tot, oder er war da noch irgendwo und wartete.

Das Grab wurde bepflanzt. Dorothy fuhr regelmäßig zum Friedhof. Sonst machte sie fast keine Besuche. Nicht ein einziges Mal mehr sah sie Estelle oder die Cranstons. Die meiste Zeit lag der Hörer neben dem Telefon. Ihre Anwälte schrieben ihr wegen Versicherungen und der Erbschaft. Mr. Mendoza fuhr in Urlaub. Sie bestellte einen Grabstein und machte auf dem Friedhof die flüchtige Bekanntschaft einer alten Frau, die das Nachbargrab versorgte, das ebenfalls noch frisch war. Eines Tages fing die Frau an zu reden und erzählte Dorothy die Geschichte vom Leben und Tod ihres Mannes.

»Der Ihre?« schloß sie und zeigte auf das Grab, als wäre es etwas, das sie Dorothy verkaufen könnte, wenn sie sich nur genug Mühe gab. Dorothy nickte. Die alte Frau sah zu der Stelle, wo der Grabstein hinkommen sollte.

»Einige von diesen langen Namen«, sagte sie, »sind nur schwer drauf unterzubringen. Meiner hieß Jim. James. Und Ihrer?«

Dorothy zögerte, war einen Moment verwirrt. »Fred«, sagte sie, und änderte dann ihre Meinung, was sie noch mehr durcheinanderbrachte. »Larry«, fügte sie hinzu. »Sein eigentlicher Name war Frederick. Aber ich nannte ihn Larry.«

»Was war es? Das Herz?«

»Herz, Lunge, Kopf, alles. Ein Verkehrsunfall.«

»Oh, verstehe«, sagte die Frau und verlor das Interesse. »Ein Unfall.«

Dorothy ging zu zwei Vorstellungsgesprächen, und man sagte, man werde sich bei ihr melden. Sie schrieb einen kurzen Brief an ihre Eltern, in dem sie sie bat, sich keine Sorgen mehr zu machen, weil es mittlerweile anfing, sie selbst zu beunruhigen. Sie packte die meisten von Freds Anzügen, Hemden und anderen Sachen zusammen und schickte sie Suzanne, lediglich ein oder zwei Dinge behielt sie, um sie Mr. Mendoza für seinen Cousin in Chicago zu geben, der dort einen Laden hatte. Sie hörte Radio, aber es gab keine speziellen Mitteilungen mehr für sie.

An den Abenden fuhr sie hinunter zum Strand. Mal im Mondlicht, manchmal nur im Licht der Sterne starrte sie auf die Linie, längs der das Wasser über den Sand floß. Er kam nicht zurück. Sie stieg aus dem Wagen und lief den Strand hinauf und hinunter, Stunde um Stunde. Das Wasser rann über den Sand, eine Welle bedeckte die andere, Fäden, die sich verstrickten, als zeugten sie Rache, Betrug, Erinnerungen, Bedauern. Und immer machte es ein musikähnliches, murmelndes Geräusch, eine Sprache so deutlich wie gesprochene Worte. Doch er kam nie wieder.

Rachel Ingalls

In flagranti

Unwirkliche Geschichten

304 Seiten, gebunden

Vier herrlich schauerliche Geschichten, mit einem kleinen Schuß Ironie ganz in der Tradition der unheimlichen Literatur der angelsächsischen Länder. Vier Ausflüge in das Reich der Erzählkunst, die die Fiktion zur Wirklichkeit werden läßt, in der sich der Leser zu verlieren vermag.

■

Mrs. Calibans Geheimnis

Roman

176 Seiten, gebunden

Vor Jahren schon vom britischen Observer unter die zwanzig besten amerikanischen Nachkriegsromane gewählt, ist Mrs. Calibans Geheimnis …
„… so etwas wie ein Wunder." The New Yorker
„Ich liebe Mrs. Caliban …" John Updike